긍정 수업

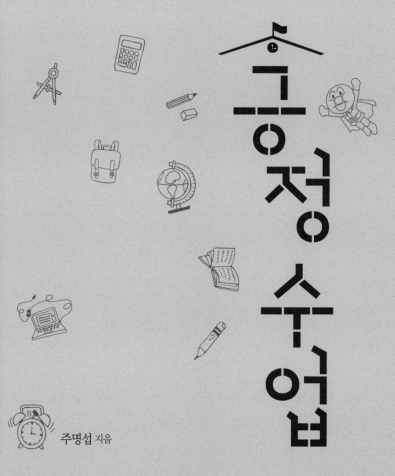

흥정수업

주명섭 지음

호빵맨 선생님의 우리네 삶과 교육에 관한
긴 생각, 짧은 이야기 두 번째

인문서원

나만의 소통과 행복 공식을 만들어가며

『행복수업』을 출간한 후 다시 행복수업을 하고 있다. 행복수업은 완성형이 아니라 진행형이기 때문이다. 직장생활을 하는 사람들은 일이 힘든 것이 아니라 상사나 동료 사이에 소통과 관계가 힘들어서 직장생활이 어렵다고 한다. 학교에서도 다르지 않다. 가르치는 것이 힘든 것이 아니라 변화를 거듭하고 있는 아이들과 소통이 어려운 것이다.

수학 공식을 잘 알고 있는 사람은 문제풀이에 쉽게 접

근할 수 있다. 문제풀이 과정에서 응용도 할 수 있다. 소통에도 공식이 존재한다. 소통은 머리보다는 마음으로 풀어내야 하는 일이 많다. 수학 공식과는 달리 소통을 이어가다보면 누구나 스스로 공식을 만들어내는 과정을 겪는다. 이 점이 소통의 매력이다. 그 매력의 정점은 스스로 행복을 만들어갈 수 있는 단계에 도달하는 일이다. 누구나 수학 공식을 만들지는 못하지만 소통과 행복의 공식은 만들 수 있다. 자주 가보지 않은 길이고 잘 배우지 않았기에 서툰 것이다. 어려워서 소통을 못하는 것은 아니다.

교육은 조급함에서 벗어나려는 기다림을 필요로 한다. 기다림은 시간의 흐름에 맡겨지는 것이 아니라 끊임없이 소통하려는 노력을 필요로 한다. 그래야 변화의 모습을 보게 된다. 변화의 1%를 관찰하고 알아주는 것이 칭찬이다.

1%라는 소통의 시작과 실마리는 매우 작지만 발아를 앞둔 씨앗이라는 사실을 이해하려는 노력이 필요하다. 미약하게 소통을 시작했지만 마음을 담은 지속적이고 진정성 있는 칭찬이라면 변화의 속도는 빨라지기 마련이다. 교육은 완성을 목표로 하는 것이 아니라 변화가 목

표라는 인식을 하여야 기다려줄 수 있는 여유도 생기게 한다.

측은지심은 나에게 수양의 문제를 안겼다. 상대의 아픔을, 어려움을, 외로움을 헤아리고 느껴서 나의 고통으로 삼으려고 할 때 나는 비로소 이해와 배려의 소통을 알았다. 아는 단계를 넘어서 상대의 마음을 내 마음처럼 느낄 때 그 어렵다는 욕심도 작아졌다.

농부는 씨앗을 뿌리고 곧바로 수확하려고 하지 않는다. 시간이 필요하다는 것을 알고 있기 때문이다. 수확을 하려면 뿌린 씨앗을 가을까지 어떻게 가꾸어 나가야 할지도 안다. 잡초도 뽑아주고 비가 오지 않으면 물도 주어야 하고, 바람보다는 햇볕이 성장에 더 도움이 된다는 것도 알고 있다.

아이들은 식물보다 힘들 때가 더 많다. 결실의 기미를 쉽게 보여주지도 않는다. 농부가 풍성한 곡식을 수확하기 위해 무엇을 어떻게 노력했듯이, 아이들과 어떻게 지내야 소통을 하고 행복을 느껴갈 수 있는지를 이 책에서 함께 공감하고 싶다.

세상에는 공짜가 없다. 노력의 결과물이다. 다만 방법을 안다면 좀 더 쉽게 결실을 맺게 될 것이고 즐거운 마음도 생길 것이다. 그 과정에서 행복도 자연스럽게 맛볼수 있을 것이다. 인풋(in put)이 있어야 아웃풋(out put)이 생성된다. 인풋은 재료이고 아웃풋은 음식이라고 한다면, 재료가 좋아야 음식이 더 맛있게 된다. 인풋이 중요하다. 관계에서도 어떤 재료를 선정하느냐가 소통의 관건이 된다.

그동안 꾸준히 나와 인연을 맺으면서 소통을 생각하게 만들고 교학상장의 의미를 깨닫게 해준 중대부중 재학생들과, 나를 '호빵맨'으로 처음 불러주고 '세균맨'과 비교하며 '호빵맨'은 어떤 길을 가야할지를 알려준 20년 전의 졸업생들과 수많은 졸업생들에게 고마운 마음을 전한다. 지난 3년간 나와 함께 하면서 교육의 의미를 더 알게 해준 중앙대학교와 대학원 교생 선생님들에게도 특별히 감사의 마음을 전한다.

2017년 12월
주명섭

제 생일 케이크를 선생님께 드립니다

정숙이는 작은 주머니 하나를 가슴에 품고 있었다.
단단한 주머니었다. 다른 사람들은 작다고
눈여겨보지 않았다. 하지만 정숙이에게는 소중한
것이었다. 작은 주머니 속에는 몇몇 소수의 친구들만
있었고 경계심이 잔뜩 들어 있었다. 선생님을
믿으려고 하지 않았다.

봄방학이 끝나갈 무렵이었다. 이때쯤이면 서서히 새로
운 학년에 대한 기대가 부풀어 오른다. 그래서인지 봄방
학인데도 학교를 찾는 아이들이 간혹 있다. 교실에 올라
가보기도 하고 교무실 주위를 맴돌기도 한다. 뭔가 알고
싶은 것이 있는 것이다. '나는 몇 반이 될까?' 더 목마른
정보 욕구는 '담임선생님이 누구일까?'이다. 궁금증의 하
이라이트는 그것으로 모아진다.

1학년에서 2학년으로 진급할 한 여자 아이가 교무실
문을 열고 몸을 낮추더니 살금살금 다가왔다. 내가 가

르치지는 않았지만 얼굴은 아는 아이였다. 방학이라 넓은 교무실에는 세 명의 교사만 자리를 지키고 있었다. 그런데 뜻밖에 그 아이는 나에게 다가왔다. 그리고는 다른 선생님에게는 들리지 않을 정도의 작은 음성으로 속삭이듯 말했다.

"선생님, 저 몇 반인지 알 수 있어요? 담임선생님도 어느 분인지 궁금해요."

무척이나 조심스런 태도였다. 그런데 나도 아직 반 배정을 알지 못한 상태였다. 아이의 얼굴을 보며 대신 살짝 미소부터 지었다. 새롭게 맞이할 환경에 대한 궁금증이 매우 큰 아이였다. 나는 그 아이의 정보 욕구를 채워주지 못한 채 아이의 이름을 확인하는 인연으로 만족해야 했다. 정숙이였다.

그런데 이틀 후 우리 반 명부를 받고서 움찔했다. '안정숙' 이름 석 자가 눈에 확 들어왔던 것이다.

'인연이 있는 아이구나.'

배정된 아이들 중에서 가장 가깝게 느껴졌다.

정숙이는 1학년 내내 많은 선생님들로부터 눈총을 가장 많이 받아왔다는 사실을 나중에 알았다. 정숙이가 왜 교무실에 들어와 기다시피 몸을 낮추고 나에게 왔는지를 그제야 알았다. 자신에 대해 잘 모를 것 같은 나를 선택하여 정보를 얻으려 했던 것이다.

모든 선생님들은 정보를 다 알고 있을 것이란 생각을 했던 것이다. 순진한 마음이었다. 정숙이는 지도하기 힘든 아이였다. 일부 교사들은 정숙이를 '피하고 싶은 아이'라고도 했다. 하지만 정숙이도 마찬가지로 '피하고 싶은 선생님'이 있었던 것이다. 그래서 개학하기 전에 학교를 찾는 민첩한 모습을 보인 것이다. 그런 정숙이가 우리 반이 된 것이다.

새 학년이 시작될 때쯤이면 '어떤 아이들일까?' 설렘과 긴장이 교차하는 시간이 된다. 새롭다는 것은 새로운 희망이 피어나는 일이다. 새로운 사람들을 만나는 설레는 기다림은 아이들이나 나나 똑같다.

새 학년 첫날 아이들에게 해줄 말이 참 많지만 나는 그중에서도 '행복한 학급 만들기' 플랜을 고른다. 행복하려면 자기 자신을 사랑하는 일부터 시작해야 한다. 그리고 학생 모두를 학급의 주인공으로 만들어 자신의 존재가 소중함을 알게 해준다.

자신의 소중함을 아는 것은 자존감을 세우는 일이고 타인의 소중함도 깨닫는 일이다. 소중한 존재에게 폭력과 왕따는 행복을 해치는 가장 큰 장애임을 말한다. 아이들 눈높이에서 최대한 공감할 수 있게 하고 감성으로 느낄 만한 사례도 이야기해준다.

전달해야 할 중요한 말들이 많지만, 첫날 첫 시작은 자존감, 폭력, 왕따 이야기에 집중한다. 첫날은 담임의 철학을 임팩트 있게 한 가지만 전달하는 것이 중요하다. '폭력은 범죄'라는 촌철살인의 논리로 아이들을 각성시키기도 한다. 그래서 다 같이 우리는 행복해야 하고 우리 모두는 이제 가족임을 선언한다.

둘째 날이 되었다. 지각하는 아이는 한 명도 없었다. 아침에 교실에 들러서 행복한 하루가 되기를 바라는 응원을 아이들에게 전달한 후 교실을 나섰다. 그리고 3교시 쉬는 시간에 교실에 다시 들렀다. 성격이 밝고 명랑한 소영이와 효빈이는 내가 착각했을까 봐 깨우쳐주려고 했다.

"선생님, 지금 수학시간인데요!"

"아, 알고 있었어요. 여러분들이 생각나서 왔어요."

공감을 했는지 몇몇 아이들이 친근한 미소를 지었다. 교감이 시작되고 있지만 학기 초 서로 잘 모르기에 조금은 어색한 만남이기도 하다.

그런데 5교시가 끝난 후 생물 선생님이 내게 급히 왔다. 우리 반 도영이와 정숙이가 5교시 수업시간 내내 들어오지 않았다는 것이다. 새 학기 첫날 이런 경우는 처음이었다. 나는 걱정과 불안감을 안고서 곧장 교실로 올라가 확인했다. 그런데 도영이와 정숙이는 아무 일 없었다는 듯이 자리에 앉아 있었다. 무슨 일이 있었는지 궁금했지만, 우선은 너무 다행스러웠다. 도영이와 정숙이는 나와 눈이 마주치자 움찔하더니 시선을 피했다.

하지만 나는 도영이와 정숙이를 곧바로 부르지 않았다. 종례 후에 상담을 할 생각이었다. 7교시를 마치고 종례를 위해 교실로 들어섰다. 그런데 두 아이의 모습이 다시 보이지 않았다. 반 아이들도 행방을 알지 못하고 있었다.

학년 초에는 전달해줄 내용들이 많다. 두 아이가 금방 들어올 것이란 생각을 했지만 모습을 드러내지 않았다. 다른 아이들도 덩달아 기다려야 했다. 종례 시간이 지체되고 있었다. 아이들은 종례 시간이 길어지는 것을 싫어한다. 도영이와 정숙이에게 원망이 쏠릴까 봐 나는 서둘러 종례를 진행하였다.

가방이 있는 것으로 보아 학교에 있는 것은 분명했다.

무슨 이유일까? 섣불리 부정적 판단은 하지 않으려고 했다. 분명 이유가 있을 것이라 생각하며 종례를 끝냈다. 두 아이는 여전히 나타나지 않았다. 그런데 한 아이가 '정확하지는 않지만 생물 선생님이 불러서 갔을 것 같다'는 이야기를 해주었다. 평소의 관계로 보아 그럴 법했다. 마음이 조금은 놓였다.

"여러분, 오늘 청소는 도영이와 정숙이, 그리고 선생님, 셋이서 할 테니 여러분들은 집에 가도 되겠습니다."

첫날 이렇게 나는 다른 아이들을 귀가시켰다.

도영이, 정숙이와 같이 청소를 하면서 가까워질 기회를 가져볼 생각이었다. 두 아이가 나타나지 않은 상황에서 내가 빗자루를 들고 청소를 하려 하자 남아 있던 몇몇 아이들이 돕겠다며 나섰다.

"선생님, 저희들도 청소하고 갈게요."

나를 위로해주는 아이들이다. 마음 씀씀이에서 첫눈에 확 들어오는 아이들이다.

"아니다. 오늘은 셋이서 해야 할 것 같다. 얘들아, 고맙다. 오늘은 이만 가고, 내일 보자."

"예, 선생님. 내일 뵐게요."

아이들은 마음이 못내 편치 않은지 어정쩡한 뒷모습

을 보이며 교실을 빠져나갔다. 교실 빗자루질을 거의 마쳤을 무렵 도영이와 정숙이가 교실로 들어왔다. 일단 반가운 마음이 앞섰다. 아무 일 없었다는 듯이 두 아이를 반겼다.

"도영아, 정숙아, 오늘은 우리 셋이 청소를 해야겠다."

늦게 온 이유는 묻지도 않은 채 청소 운운하는 나의 말을 예상하지 못한 듯했다. 이유를 묻지 않았지만 왜 청소를 함께 해야 하는지는 알고 있는 듯했다.

"예."

안도하는 상쾌한 말투였다. 성격이 명랑한 아이들이었다. 두 아이는 잘못에 대한 반성이라도 하는 양 적극적인 태도로 청소를 했다. 도영이와 정숙이에게 바닥 걸레질을 부탁했다. 대걸레를 빨아 왔지만 물이 질질 흐르고 있었다.

"정숙아, 도영아. 이리 와봐. 내가 걸레 짜는 법을 알려줄게. 어디 가서 걸레질만 잘해도 야물다는 인상을 받을 수 있단다. 자, 봐라. 걸레를 두껍게 비틀어 이 기계에 넣고 눌러봐. 어때? 잘 짜지지?"

걸레에서는 더 이상 물이 흐르지 않았다. 도영이와 정숙이는 걸레 짜는 단순한 것을 배웠다는 생각에서인지

겸연쩍게 웃었다. 5교시에 왜 무단 결과를 했는지는 전혀 묻지 않고 함께 청소만 하고 있으니 두 아이의 마음은 폭풍 전야일지도 모른다. 나는 두 아이에게 스스로 생각할 시간을 주고 싶었다.

"애들아, 내가 밖에 나가서 화분 정리 좀 하고 올게. 바닥 잘 닦고 있어라."

"예."

목소리에서 편안해졌다는 마음이 읽혔다. 내가 돌아올 때는 10여 분이 지난 뒤였다. 그런데도 두 아이는 아직까지 교실 바닥을 닦고 있었다. 광이 난 교실 바닥은 두 아이가 얼마나 열심히 닦았는지 그 증거였다. 두 아이의 선함이었다.

"너희 청소 잘하는구나! 수고 많았다. 우리 이제 교무실로 내려가서 이야기 좀 나누자."

무엇 때문인지를 아는지 조금 전보다 긴장하는 표정이었다. 하지만 나는 두 아이의 청소하는 모습을 보았기에 발걸음은 가벼웠고 희망도 생겼다. 하지만 아이들의 발걸음은 느릿느릿 무거웠다. 무슨 대화가 이어질지 알기 때문일 것이다.

교무실에는 교감 선생님만 자리를 지키고 다른 선생님

들은 퇴근한 상태였다. 이야기가 막 시작되자 교감 선생님도 퇴근했다. 셋이서 기탄없이 말할 수 있는 환경이 조성되었다. 먼저 개별 상담을 하고 싶었다. 정숙이와 먼저 해야 했다.

"정숙아, 도영이 옆에 있어도 괜찮겠니? 어떤 말이라도 함께 할 수 있겠어?"

정숙이는 잠시 머뭇거렸다.

"그럼 정숙이하고 먼저 이야기할까?"

정숙이가 고개를 끄덕였다.

"도영아, 너는 저쪽 자리로 가서 기다려줄래?"

도영이는 웃음을 지으며 당연하다는 듯이 자리에서 물러났다.

"선생님은 정숙이하고 하고 싶은 이야기가 많아. 하지만 네가 먼저 이야기 해줄래? 하고 싶은 이야기가 있으면 무엇이든 다 해봐. 오늘 있었던 이야기도 좋고. 선생님은 정숙이를 이해할 마음의 준비가 되어 있으니 편안하게 말하면 돼."

정숙이는 오늘 있었던 이야기를 꺼냈다. 점심시간에 어느 선생님에게 걸렸는데 무조건 데리고 가셨다는 것이다. 그리고 대뜸 손바닥을 때리셨다는 것이다. 이유는 맞은 후에야 들을 수 있었는데, 치마가 너무 짧아서 그랬다는 것이다. 그래서 억울했다는 것이다.

정숙이는 이러한 교칙 문제로 1학년 때도 많이 혼났던 아이다. 그래서인지 억울하면서도 혼나는 것을 습관처럼 받아들여 누구에게도 하소연하지 못했다. 어느 누구도 힘이 되어 주지 못하고 말썽꾸러기 아이로 취급받은 듯했다. 정숙이는 맞은 후에 보건실에 가서 친절하게 잘 챙겨주시는 보건선생님에게 아픈 손을 내밀면서 어리광도 부리고 약간의 연고를 발랐다고 한다. 그러고 나니 5교시 수업이 10분 정도 지나고 말았다.

교실로 가려 했지만 이제는 교과 담당 선생님이 무섭게 느껴졌다. 늦게 들어왔다고 혼낼 것 같다는 생각에 아예 교실 입실을 포기하고 배회하는 쪽을 선택한 것이다. 피해의식이 큰 아이였다. 옳고 그름을 판단하고 선택하는 생활 모습보다는 피하고 보자는 생각이 앞서는 아이였다.

첫날인지라 나는 정숙이의 가정환경도 파악하지 못했다. 정숙이의 가정환경에 대해 조심스럽게 물었다. 정숙이를 이해하는 데 참고하기 위해서였다. 정숙이 말을 들을수록 그동안의 행동이 이해가 되었고, 공감도 커졌다.

정숙이가 수업시간에 무단 결과를 한 것은 분명한 이유가 있었을 것이라고 생각했던 것이 다행이었다.

5교시 수업에 참여하지 못한 것 자체만 본다면 분명 정숙이에게 귀책사유가 있었다. 하지만 정숙이가 생활해온 과정을 보면 그 귀책사유에도 다시 귀책사유가 있었던 것이다. 수업에 들어가지 못한 것이 중요한 것이 아니라 혼날 것을 두려워한 아이였다. 15살 소녀는 아직 한참 어리다. 세상에 대한 당당함보다 두려운 것이 더 많은 나이다. 정숙이의 경우는 특히 더했다.

정숙이는 자주 잘못을 저질렀다. 그러면서도 어떤 때는 억울하다고 느꼈다. 하지만 혼나는 것에 대해 특별한 반성은 하지 않고 생활해온 아이였다. 잘못을 흔히 있는 일쯤으로 알았다. 자신의 의견을 당당히 말할 수 있는 단계로 아직 충분히 성장하지 못한 아이였다. 맞거나 혼나고 끝나는 것이 일상인 아이였다. 자신이 얼마나 소중한지 자존감을 갖지 못하고 있었다.

잘못을 자주 하는 아이였지만 대화 도중에 정숙이의 순한 내면이 간헐적으로 드러날 때마다 나의 마음도 흔들렸다. 순함의 장점이 자라지 못한 아이였다. 칭찬 대신 항상 꾸중만 들었던 아이의 과거가 오늘의 모습을 잉태

한 것이었다. 꾸지람을 듣는 것이 일상생활이었다. 그러다 보니 혼나지 않으려고 피하는 방법에 익숙해졌다. 정숙이가 자초한 점도 있지만 주변 환경도 문제를 키웠다는 데까지 생각이 미쳤다.

정숙이 마음에 작은 선함의 씨앗이 있다는 것을 정숙이 본인도 알아야 했다. 그것을 시작으로 자존감을 키워야 했다. 자신에게도 소중한 자아가 있음을 깨우쳐 주고 자라게 해준다면 잘못된 행동도 깨닫게 되고 시정해 나갈 수 있는 힘도 생길 것이란 믿음이 차올랐다.

"정숙아, 선생님은 너에게 선한 마음이 있다는 것을 느꼈다. 그런데 너는 그 소중한 가치를 알지 못하고 살았던 것 같다."

하지만 정숙이의 표정은 의외로 담담했다. 이 말의 의미와 가치를 느끼지 못하는 것 같았다. 조금은 고맙다는 표정이라도 짓는 것이 보통의 아이들인데 정숙이는 달랐다. 정숙이의 성적은 최하위였다. 그런데 심각한 것은 시험공부를 하지 않고서도 걱정이 없는 아이였다. 정숙이에게는 시험 보는 날이 그리 특별한 날이 아니었다. 내일 시험이 있어도 평소에 놀던 패턴을 바꾸지 않았다. 이런 정숙이의 자아를 깨우치게 하는 일은 쉬운 일이 아니라는 생각이 들었다. 하지만 아무리 단단한 얼음장도 힘들 뿐이지 결국 깨트릴 수 있다는 다짐이 생겼다. 단지 얼음장과는 달리 정숙이는 꾸준한 이해와 기다림이 필요했고, 감성과 이성의 적절한 조화로 접근하는 방법도 필요했다.

"그런데 정숙아, 아까 매를 맞기 전에 선생님께 때리는 이유를 먼저 여쭤보지 그랬니? 앞으로 정숙이가 당당해졌으면 좋겠다. 선생님도 도와줄게."

하지만 정숙이는 아무런 반응도 보이지 않았다. 당당하게 자신의 소견을 말하기에는 내공이 많이 부족한 아이였다. 그러면서 정숙이는 지금 누구를 쉽게 믿으려고 하지도 않았다. 불신도 많은 듯했다. 특히 선생님들에 대한 불신이 큰 듯했다. 믿음을 쌓아가는 일이 먼저라고 생각했다.

"정숙아, 앞으로 선생님을 한 번 믿어보렴. 정숙이 편이 되어줄게."

정숙이는 특성화고를 꿈꾸고 있었다. 그러려면 성적 향상이 필요했다. 하지만 정숙이에게 그것은 쉬운 일이 아니었다.

"오늘 집에 가서 학습 계획을 세워볼래? 앞으로 선생님이 도와주고 멘토도 붙여줄게."

그런데 엉뚱하게 갑자기 무슨 생각이 솟아났는지 처음으로 자신 있는 목소리를 냈다.

"선생님, 자기소개서 한 장 더 주세요."

"어제 준 자기소개서 잃어버렸니?"

"아니요. 자기소개서 잘 써보려고요."

어떤 마음의 변화가 생겼는지 알 수는 없지만 작은 변화가 생긴 것처럼 느껴졌다. 지금 변화를 위한 시동을 걸고 있는 것이다! 희망의 불이 지펴지는 것처럼 긍정의 마음이 생기고 기분이 좋아졌다. 지켜 볼 일이다. 변화를 추구한다면 이보다 더 기쁜 일도 없을 것이다.

정숙이와 도영이 상담을 끝내고 악수를 나누었다. 두 아이는 얇게 깔린 어둠 속으로 자취를 감추었다. 내일의 밝은 햇살이 두 아이를 더욱 밝게 비춰줄 것이란 생각이 들었다. 정숙이가 써올 학습 계획표와 자기소개서가 그 햇살이 될 것이란 희망 때문이었다.

다음 날 정숙이는 학습 계획표는 가지고 오지 않았다. 하지만 자기소개서는 나름 정성 들여 써 왔다. 정숙이를 아는 어떤 선생님은 이를 보더니, "이렇게 쓸 만큼 진지한 아이가 아닌데."라고 말했다. 학습 계획표는 내일

써오겠다고 했다. 하지만 다음 날 늦잠을 자다가 교복도 입지 않고 체육복을 입은 채 헐레벌떡 등교하였다. 간신히 지각을 면했다. 그런데 정숙이는 아무렇지 않았다.

"선생님, 저 늦잠 잤어요."

씩씩하게 말했다. 늦잠을 잤지만 이렇게 노력해서 왔다는 것이 정숙이의 상황 판단이었다. 그런 정숙이를 나는 반겼다. 정숙이가 나와 거리감을 좁히려 하고 있다는 생각이 착각이라고 해도 좋았다.

"정숙아, 교복은 입어야 하는데. 내일은 늦지 않으면 좋겠는데."

씨익 웃으며, "예."라는 선명한 목소리를 나에게 들려주었다. 나를 등지지 않고 내 말에 귀를 기울여주는 것이 좋았다. 지나가던 선생님이 눈총을 주었다.

"복장 좀 봐라."

정숙이가 선생님들에게 눈총을 받고 지적을 받았지만 나는 개의치 않고 편안한 마음을 유지하려고 하였다. 변화의 과정이 그리 간단하지도, 쉽지도 않기 때문이었다.

오늘은 나의 역사수업 시간이 있었다. 새 학기 첫 수업이라 그런지 학생 모두가 하나같이 지나치게 집중을 하니 내가 오히려 집중해야 하는 어색한 상황이 되었다.

정숙이도 집중을 하려는 모습을 나에게 보이려다가 시선을 딴 곳으로 돌렸다. 집중과 딴전이 반복되고 있었지만 분명 노력하려는 흔적이었고, 작지만 분명한 변화였다. 수업이 끝난 후 정숙이를 불렀다.

"정숙아, 역사시간에 집중하려는 너의 모습이 참 보기 좋았다."

칭찬을 싫어하는 아이는 없지만 정숙이는 칭찬에도 별 반응을 보이지 않았다. 담담한 표정만 나에게 보여주었다. 남다른 아이지만 나는 그 남다름에 조금씩 익숙해지고 있었다.

새 학년이 시작된 지 5일째 되는 날 아침이었다. 1교시가 시작되기 직전이지만 정숙이는 아직 등교 전이다. 도영이가 나에게 귀띔한다. 이미 전화 통화가 있었던 모양이다.

"선생님, 정숙이가 어머니와 갈등이 있어서 조금 늦을 것 같아요."

등교는 할 수 있다니 그나마 다행이었다. 그 상황에서 학교에 나오겠다는 점을 높이 사고 정숙이를 긍정적으로 보고 싶었다. 아이는 그동안 반응은 드러내지 않았지만 나와 멀어지고 싶지는 않은 것 같았다. 멀리 떠내려가면 잡을 수조차 없기 때문에 나 역시 가까이 다가가려 했다.

정숙이에게 잘못된 일이 있을 때마다 곧바로 불러서 이야기하기보다는 여유를 주면서 대화를 해야 했다. 나는 방과 후 집으로 돌아가기 전에 정숙이를 불렀다.

"정숙아, 선생님한테 잠시 왔다갈 수 있지?"

친구들과 이야기를 나누던 정숙이였다.

"예."

나를 쳐다보는 둥 마는 둥 대답을 하고는 친구들과 곧바로 이야기를 이어갔다. 나는 혹시나 하는 생각이 들었다.

"정숙아, 가능하면 빨리 내려오면 좋겠다."

"예."

분명한 답을 다시 듣고서야 교무실로 내려왔다. 기다리고 기다렸지만 정숙이는 나타나지 않았다. 정숙이는 담임선생님보다 친구들을 더 소중하게 생각하고 담임선생님보다 친구들을 더 믿는 아이라는 것을 알게 되었다. 친구들과 이야기하다가 나의 말은 묻혔던 것이다.

'이제 9일밖에 지나지 않았는데 얼마나 달라지겠나?'

나하고 1년간 지내게 될 터이니 시간은 아직 많이 남

아 있다는 생각을 위안으로 삼았다. 어른도 쉽게 고치지 못하는 습관을 하나 이상씩은 가지고 있다. 어쩌면 오랜 시간이 지나면서 어른들은 신앙처럼 굳어져 고치지 못할 수도 있다. 하지만 정숙이는 변할 수 있는 여지가 많은 나이의 학생이었다.

진흙이 굳어지면 다른 형태로 변화하지 못한다. 하지만 정숙이는 아직 말랑말랑한 진흙과 같다. 정숙이는 겉보기만 그렇지 속은 아직은 말랑말랑한 아이와 같다고 생각했다. 단지 보통 아이들하고는 분명 많이 다르다는 점을 알고 접근해야 했다.

땅거미가 지고 짙은 어둠이 깔릴 때쯤 정숙이가 교무실로 들어왔다. 너무 반가웠다.

'그러면 그렇지! 그냥 갈 아이가 아니지.'

그러나 그것은 나만의 착각이었다. 정숙이는 내가 있는 줄 모르고 교무실로 들어온 것이었다. 학급 열쇠를 찾아서 교실에 놓고 간 소지품을 찾는 것이 목적이었다. 어찌됐던 기회였다.

"정숙아."

정숙이도 깜짝 놀라는 표정이다. 하지만 미안해하는 눈치는 전혀 없었다. 정숙이는 내가 지난 많은 세월 동안 보아온 아이들 중에서도 정말 특별한 경우였다. 정숙이를 논리적으로 이해시키는 것은 의미가 없었다. 마음을 열고 담임선생님을 이해하고 믿어주는 단계까지 가야 하는데 그날이 언제가 될지 기약하기도 어려웠다. 나는 정숙이가 왜 오지 않았는지 묻지 않았다. 미안함을 알아야 깨우칠 수 있다. 그때까지는 기다려야만 했다. 나의 강한 한마디에 실낱같은 마음마저도 끊어질 수 있다는 생각이 들었기 때문이었다.

"정숙아, 내일은 늦지 않게 학교에 올 수 있지."

"예."

나는 정숙이에게 믿음의 신호만을 주고 그냥 보냈다.

주말이 지나고 월요일이 되었다. 1교시 수업 시간이 다 되어가지만 정숙이는 나타나지 않았다. 1교시가 끝난 후 정숙이가 나타났다. 정숙이에게 점심시간에 오라고 했지만 나타나지 않았다.

정숙이는 반항하는 아이는 아니지만 그 아이의 마음에서 어른들에 대한 비중, 선생님에 대한 비중은 매우 낮다는 것을 차츰 더 알게 되었다. 대신 친구들에 대한 비중이 매우 높은 것을 다시금 확인했다. 매우 특별하다고밖에 볼 수 없는 아이였다. 종례 시간이 끝난 후 정숙

이가 사라지기 전에,

"정숙아, 오늘은 선생님하고 이야기하고 가야 한다. 알았지? 꼭."

정숙이를 아예 데리고 갈 요량이었는데 다른 아이가 다가와 질문하는 바람에 그 사이 정숙이는 사라지고 말았다. 통화를 시도해도 전화기도 꺼져 있었다. 오늘은 아니다 싶어, 나는 적극적인 의지를 갖고 정숙이 친구들을 상대로 이리저리 전화로 수소문을 했다. 도영이를 통해 오늘 보컬 연습 때문에 먼저 갔다는 그나마 변명을 들을 수 있었다. 이유라도 알았으니 마음이 조금은 풀리고 위안이 되었다.

부드러움보다 날카로움이 필요한 아이일까? 순간 갈등이 생겼다. 부드러움에 웬만한 아이들은 작은 반응이라도 보여주었는데 정숙이는 담임의 존재에 대해 별로 개의치 않았다. 한 대 얻어맞은 것처럼 무거움이 가슴을 짓눌렀다. 밖에 깔린 짙은 어둠만큼이나 막막했다.

시간이 많이 흘렀다. 그런데 교무실 창밖으로 도로변에 있는 정숙이가 보였다. 보컬 연습을 끝내고 정숙이는 마을버스를 타려고 이동하고 있었다. 일단 반가웠다. 순간 뛰어나갔다. 정숙이는 아직 마을버스를 타지 못했다.

"정숙아."

그런데 정숙이는 별로 놀라지 않았다. 이게 정숙이의 모습이었다. 아이를 데리고 학교로 다시 향했다. 하지만 정숙이는 아무렇지 않은 듯 무표정했다.

"정숙아, 아까 선생님이 너와 이야기 좀 하고 싶었는데 어쩜 그렇게 사라질 수가 있니? 급한 일이 있었니? 정숙아, 네가 없어지니 순간 내가 더 이상 무엇을 할 수 있을지 막막했다. 너도 좀 지나쳤다고 생각하지 않니? 하지만 나는 너에 대한 관심을 접고 싶지는 않다. 관심을 접으면 내 마음이 편하지 않기 때문이다. 너도 선생님이 무관심해주기를 바라는 것은 아니지?"

정숙이는 그냥 고개를 끄덕이고 있었다.

"그럼 내일부터는 선생님 말에 조금 더 귀를 기울여주면 좋겠다. 약속도 지키려고 노력해주면 좋겠고."

다시 고개를 끄덕일 뿐 정감 있는 대답은 하지는 않았다. 과거에 무슨 일이 있었기에 선생님들에 대한 호감이 이렇게 약한 것일까? 그날 어머니와 전화 상담을 하였다. 어머니도 정숙이를 잘 알고 있었다. 어머니를 통해 담임의 진심을 전해보면 어떨까 싶었다. 담임은 정숙이에 대한 관심이 많고 사랑도 많이 주고 싶다는 말을 전해달라고 어머니에게 부탁하였다.

다음 날부터 적어도 지각은 하지 않았다. 그런 상태가 1주일이 이어졌다. 어떤 마음의 변화와 자각이 있었는지는 알 수 없지만 어머니와 대화가 영향을 준 것 같았다.

학습에 흥미가 거의 없는 정숙이가 쉬는 시간에 교실에 있는 모습은 거의 볼 수 없었다. 무엇이 그리 바쁜지 쉬는 시간 종만 치면 교실을 맨 먼저 빠져나간다. 어쩌면 정숙이가 학교에서 찾는 즐거움이 여기에 있는지도 모른다.

명백하게 정해져 있는 단짝 친구들이 있다. 그 외 다른 친구들에게는 신경도 쓰지 않고 생활한다. 친구 관계가 폐쇄적인 것이었다. 반에서는 도영이 외에는 어떤 아이들과도 접촉하지 않았다.

아직 한 달도 지나지 않았다. 1년이라는 기간을 생각하면 이제 시작에 지나지 않았다. 내가 정숙이와 소통을할 수만 있다면 앞으로 어떤 아이들과도 자신 있게 소통할 수 있을 것이라며 나를 채찍질했다.

4월 초였다. 출장을 갔다가 6시가 다 되어 학교에 도착했다. 그때까지 운동장에서 친구들과 놀고 있는 정숙이가 보였다. 그런데 나를 보더니 운동장 구석으로 도망을 치는 것이었다. 오히려 친구들이 쏘아 붙이며 정숙이를 나무랐다.

"정숙아, 왜 그래?"

아이들은 나를 생각해서 하는 말 같았다. 나는 정숙이 쪽으로 총총히 다가갔다.

"정숙아, 나는 너를 보자마자 반가웠는데, 정숙이는 선생님이 반갑지 않니?"

정숙이는 말이 없었다. 나는 순간 정숙이의 마음을 헤아려 보았다. 그리고 말을 이었다.

"정숙아, 앞으로 너에게 잔소리는 되도록 하지 않을게. 대신 친구처럼 너를 지켜볼게. 그동안 선생님에게 부담을 느낀 것 같다. 맞지?"

정숙이의 얼굴에서 옅은 미소가 배어 나왔다. 나는 내심 놀랐다. '이것이 정숙이가 바라는 것이었나?'라는 생각이 들었던 것이다.

"앞으로 우리 친구처럼 지내자. 너에게 관심만 가지고 있을게. 대신 지금처럼 지각만큼은 하지 않으면 좋겠다."

정숙이는 고개를 끄덕였다. 이것은 의외의 소통이었다. 정숙이의 표정이 달라졌던 것이다.

정숙이는 책상에도 스티커를 잔뜩 붙여놓았다. 후배

들을 위해 책상을 깨끗하게 사용해야 한다고 훈화를 했지만 정숙이는 자신만의 취향으로 책상에 수를 놓았다. 스티커를 붙이면서 마음의 안정을 얻는 듯했다. 지금은 아니지만 정숙이 스스로 스티커를 떼어낼 날이 올 것이라 믿었다.

시간이 지나면서 정숙이가 더 이상은 나에게서 멀어지지 않고 가까워지는 모습이 내 시야에 들어왔다. 이성적인 이야기로 대하는 것은 꺼리는 듯했다. 감성으로 얼음장을 조금씩 녹이는 일이 지속적으로 일어나야 이성의 문도 기지개를 켜고 열릴 수 있다고 판단하였다. 잘하는 모습이 보일 때는 정숙이에게 살짝 미소만 지었다. 말은 되도록 줄였다. 한참이 지난 어느 월요일, 정숙이가 학교에 일찍 온 모양이다. 스스로 자랑스러워했다.

"선생님, 내가 전교에서 제일 일찍 온 것 같아요. 학교에 아무도 없었어요."

나는 일등을 했다며 하이파이브를 해주었다. 처음으로 정숙이가 나에게 먼저 말을 걸었다. 아직은 신뢰의 벽이 두텁지 않다. 하지만 어느 순간에 신뢰의 가속도를 확 느끼며 즐거워할 날이 올 것이란 믿음이 커졌다.

이제 정숙이는 아프지만 않으면 지각과 결석은 하지

않는다. 1학기를 지내면서 마음의 안정을 많이 찾은 듯
했다.

정숙이는 작은 주머니 하나를 가슴에 품고 있었다. 단
단한 주머니였다. 다른 사람들은 작다고 눈여겨보지 않
았다. 하지만 정숙이에게는 소중한 것이었다. 작은 주머
니 속에는 몇몇 소수의 친구들만 있었고 경계심이 잔뜩
들어 있었다. 선생님을 믿으려고 하지 않았다. 주변 분위
기는 별로 신경 쓰지 않는 주머니였다. 다른 사람을 배
려하지는 않았지만 다른 사람에게 불편을 주거나 피해
를 주지도 않는 자신만의 주머니였다. 새로운 사람과 얽
히는 것도 허락하지 않는 주머니였다. 아주 폐쇄적인 주
머니였지만 자신에게는 편안한 주머니였다.

정숙이는 이 주머니가 자신을 지켜주는 것이라고 믿
는 듯했다. 주머니에 작은 구멍이라도 뚫리면 당황하였
다. 구멍을 틀어막기 바빴지만 새로운 주머니를 가지려
고 하지는 않았다. 도전과 변화를 두려워하기만 했지, 그
것이 발전을 가져다줄 것이란 생각은 하지 못했다. 도전
과 변화는 불안하고 무서운 것이었다.

그런데 정숙이는 그 주머니를 자신도 모르게 서서히
바꿔가고 있었다. 도영이밖에 몰랐던 아이였다. 그래서

짝을 바꾸어야 할 때에도 정숙이는 도영이만 고집했다. 그것을 인정해주는 것도 기다림의 교육이라 생각했다. 도영이도 정숙이와 계속 같이 앉아도 좋다며 인정해주고 있었다. 정숙이는 아직 그 주머니 밖으로 나올 준비가 되어 있지 않았다.

병아리가 부화 준비를 마치지 못한 것처럼 아직은 껍질을 깨고 나올 수 없었다. 그런데 억지로 알을 깨면 병아리는 죽는다. 세상에 나올 시간이 아직 아니기 때문이다. 조금 더 기다려야 했다. 교육은 획일적으로 움직이지 않는다. 아이들 숫자만큼이나 다양하게 움직인다. 스스로 껍질을 긁어 깨려고 할 때가 최적의 타이밍이다.

매월 한 번씩 짝을 바꾸는데 2학기 들어 처음 짝을 바꾸게 되었다. 짝을 정하기 전 조용히 물었다.

"정숙아, 지금도 도영이하고만 앉고 싶으니?"

"상관없어요."

뜻밖의 말이었다. 내 귀를 의심할 정도였다. 너무 반가웠다. 세상이 달라지는 것처럼 느껴졌다.

"누구하고도 앉을 수 있단 말이지?"

"예. 그런데요, 맨 앞자리는 앉고 싶지 않아요."

주변 친구들도 놀랄 만한 변화로 받아들였다. 나 못지

않게 정숙이를 기다려준 학급 아이들이 고마웠다. 자신이 고집하던 낡은 주머니를 버릴 준비를 하고 있었다. 얼마 전에는 체육시간에 친구들의 대화에도 끼어들었다고 한다. 정숙이의 변화는 서서히 조금씩 이루어졌으며 새 주머니를 찾으려는 모습으로 비춰졌다. 그리고 12월 어느 날 조각 케이크 하나를 들고 나를 찾아왔다.

"무슨 케이크니?"

"선생님, 오늘 제 생일이에요."

나도 모르게 눈물이 솟구쳤다. 교사 생활 평생 자신의 생일이라고 케이크를 가져온 아이는 정숙이가 처음이었다. 보통 아이들은 생일을 관성적으로 자신이 선물을 받는 날로 여긴다. 그런데 자신의 생일날 내가 생각났던 모양이다. 쑥스러웠지만 눈시울이 뜨거워지는 것을 통제하지 못했다.

내가 부르지 않아도 스스로 찾아온 정숙이는 이제 어느 누구보다도 애틋한 제자가 되었다. 정숙이는 3학년이 되면 새로운 선생님과 환경에서 적응해야 한다.

"정숙아 3학년이 되더라도 내가 네 옆에 있어줄게. 지금처럼 하면 될 거야, 알았지?"

"예, 선생님. 감사했어요."

제 생일 케이크를 선생님께 드립니다 39

수줍은 듯 볼이 발그레해진 정숙이가 미소를 지었다. 새로운 환경에서 잘 적응하기에 정숙이는 아직은 야물지 못하다. 하지만 지난 2학년 1년 동안 지지대를 얻은 정숙이는 이를 밑거름으로 노력하는 모습도 보여줄 것이다. 내년에는 정숙이의 더 단단해지는 모습을 볼 수 있을 것이란 희망을 품어보았다.

매점 주인이 되고 싶어요!

중2 아이들의 행동을 문제 삼기보다는
그 시기의 특성을 언제나 염두에
두어야 한다. 문제가 아닌데 문제가 있다고
보는 시선이 더 문제가 된다.

중학교 1학년이 폭풍 전야라면, 중학교 2학년은 정체
성을 찾으려는 몸부림으로 폭풍의 한가운데 같다. 중학
교 생활 중에서 유독 '중2'라는 말이 생겨난 것이 우연이
아니다. 3학년만 되어도 폭풍을 뚫고 나온 듯 의젓해진
아이들이 많다.

청소년기의 한 살 차이는 시간과 비례해서 설명이 되
지 않는다. 이 시기의 1년은 단순한 1년이 아니다. 폭풍
처럼 빨리 지나치기에 내적 동기, 성장 속도도 그만큼
빠른 시기이다.

2학년 때 노는 데 정신이 팔렸던 수경이는 3학년이 되더니 이제 노는 것이 편하지 않다고 한다. 친구들도 놀려고만 하지 않고, 놀더라도 마냥 즐겁지가 않다는 것이다. 수경이는 1년 사이에 환경이 변해가고 있음을 실감하고 있었다.

4년 동안 중3 담임을 한 후 오랜만에 중2 담임을 하면서 어려움이라는 것을 새삼 느꼈다. 중2 아이들이 특별한 시기를 거치고 있다는 것을 다시금 깨닫게 되었고 또다시 배우는 한 해가 되었다. '이것이 중2구나'라는 생각은 수시로 고개를 내밀었다.

중2의 행동을 이해했다가도 순간순간 억누르고 있던 감정의 본능이 발현되어 자제력의 한계가 시험당하기 일쑤였다. 부드러움보다 강공의 냉랭함이 앞서려 할 때가 한두 번이 아니었다. 그래도 참아가며 평상심을 찾는 노력은 반복되어야 했다. 시간이 걸릴지라도 바람보다 햇볕이 아이들의 마음을 더 움직일 수 있고 부드러움이 소통하는 데 더 주효하고 결국은 빠르다는 것을 경험으로 알고 있었기 때문이다.

중2 아이들에게 가까이 다가가는 일은 배려와 이해, 그리고 친절만으로는 부족하다. 노력을 하여도 아이들이 나의 마음을 다 받아주지 않으려 하기 때문이다. 무엇보다 신체적·정신적 성장의 특징을 파악해야 했고, 친구와 가정환경을 파악하는 것이 중2와 소통하는 중요한 단서였다. 알아가는 만큼 가능성도 더 열렸다. 가능성은 아이들이 나의 말에 공감했다는 의미다. 자신의 속내를 드러낸다면 그것은 신뢰 단계로까지 진행된 것이다.

이해를 하지 못할 때는 갈등과 부정이 컸다. 하지만 아이의 진실을 알고 나니 이해가 되는 것이 중2의 세상이었다. 아이들을 이해하기 전까지는 나 역시 중2처럼 홍역을 앓는 기분이었다. 아이들에게 친절을 베풀어도 나를 부담스러워하는 태도가 싸늘한 메아리로 돌아왔을 때는 기분이 언짢았고 서운한 마음도 들었다. 순간 아이들이 미워질 때도 있었다.

친절한 배려도 간섭이라고 생각하는 아이가 있었다. 소소한 지적에도 담임이 차별한다고 생각했다. 어떨 땐 나의 관심과 기대도 부담으로 느낀 아이였다. 어쨌든 일본 라디오 프로그램에서 처음 제기되었다던 '중2'라는 표현은 사춘기라는 용어보다 더 적합한 듯했다.

기성세대 역시 한때는 청소년이었다. 과거의 일이 되었으니 지금 청소년들이 이해가 안 될 때가 많다. '요즘 애들은 버릇이 없다'라는 말은 4,000년 전 이집트 피라미드 기록에서도 발견되었다.

중2병을 미열로 지나가는 아이도 있고 열병으로 앓는 아이도 있다. 사춘기 때 일탈했던 경험이 성장의 밑거름이 되었다고 말하는 성공한 이들의 말이 이해가 된다. 상습적인 일탈이 아니라면 일탈은 새로운 경험이다. 새로움은 또 다른 새로운 사유를 낳는다. 경험하지 아니한 자는 결코 새로운 사유를 느낄 수 없다.

중2의 상황은 본인이 겪고 싶지 않아도 겪어야 하는 삶의 과정이다. 경미는 요즘 심한 홍역을 치르고 있다. 명랑하고 인사성이 밝아 긍정의 아이콘으로 각인된 아이였다. 성적도 최상위권이었고 일탈과는 거리가 먼 아이였다. 그런데 어느 날 결석하기 시작했다. 그리고 결석이 잦아졌다. 2학기 기말고사 시험은 아예 보지도 않았다. 학교에 오면 답답해했다. 그러니 집에 가면 학교 가기가 싫다고 했단다. 집에 가는 것도 좋은 기분이 아니었다. 자기도 자기 마음을 모르겠다는 것이었다.

경미는 중2가 어떤 시기이고 어떤 심리 상태인지를 나에게 제대로 알려준 아이가 되었다. 나 역시 경미 어머니와 함께 마음고생을 많이 했다. 하지만 아팠던 만큼 울림도 컸다. 인생을 직선이라고 보면 중2 시기는 점 하나와 같다. 하지만 그것은 쉽게 잠재울 수 없는 성난 파도와 같다. 성난 파도와 정면대결하는 것은 지혜롭지 못한 행위다. 감성을 지닌 파도이기에 시간이 지나면 자연스럽게 소멸하는 자연의 파도와는 달랐다. 따뜻하고 지속적인 관심이 있어야만 시간이 흐른 후에 잠잠해지는 파도였다. 누구나 앓는 성장통이었지만 과정은 혹독했다.

'중2병을 왜 앓는 걸까?' 이 물음에 대한 과학자들의 연구 결과는 이렇다. 뇌의 전두엽 앞부분에 '전전두엽'이라는 부위가 있다. 이 뇌는 인간의 감정을 억제시키는 대신 합리적으로 판단하고 행동할 수 있게끔 도움을 주는 기능을 한다. 전전두엽이 발달하면 화가 나는 것도 참을 수 있고, 하고 싶은 것이 있어도 억제할 수 있는 힘이 생긴다.

이 부위는 인간의 뇌 부위 가운데 가장 늦게 발달한다고 하는데, 특히 중2 때쯤이 전전두엽 발달에 큰 변화가 있는 시기라고 한다. 그래서 변화의 시점에서 감정 조절 능력이 떨어지다 보니 감정의 기복이 심하고 평상심으로는 이해하기 어려운 행동이 나온다는 것이다. 이것이 바로 신체적 발달에 비해 정신적 발달이 따라가지 못하는 것처럼 느껴지는 이유이기도 하다.

중2 때의 삶의 가치는 단순하다. 사유방식도 대부분 단순하다. 복잡한 것을 싫어한다. 많이 생각하는 것도 좋아하지 않는다. 따라서 단순함에서 복잡한 것으로 옮겨가는 성장 과정의 중심에 있기에 혼란스러워 한다. 그 단순함의 사례는 영재에게서 나왔다.

"선생님, 저 매점 주인이 될래요."

나름대로 합리적으로 생각하고 한 말이었다. 이유인즉 매점 주인은 자신이 좋아하는 것들을 다 팔고 있기 때문이었다. 먹고 싶을 때 마음껏 먹을 수 있다는 것이다. 게다가 학생은 45분 공부하고 10분을 쉬는데 매점 주인은 10분만 일하고 45분을 쉰다고 계산한 것이었다. 복잡하지 않게 하나의 이치와 생각으로 상황에 대입시키는 나이가 바로 중2다.

친구 결혼식 때 사회를 보았던 나의 경험을 이야기하게 되었다.

"선생님, 사회를 보면 돈을 얼마나 받아요?"

순미의 당돌한 질문이 나왔다. 순미만의 궁금증이 아니었다. 옆에 있던 아이도 궁금해 했다.

"그럼 너와 미순이가 친구잖아. 그런데 미순이 결혼할

때 네가 들러리 서주고 돈을 받아야 하니?"

의외이자 당당한 답변이 나왔다.

"그럼요. 받을 건 받고 해줄 건 해주어야지요."

옆에 있었던 아이도 동의했다. 이러한 생각과 가치는 고정된 것은 아니라 시간이 지나면서 분명 변할 것이다. 하지만 그 변화를 이끌어줘야 할 몫은 아이들의 교육을 담당하는 어른들에게 있다.

청소년들은 지금 이 순간에도 있는 힘을 다해 힘들다고 외치고 있다. 하지만 어루만져주어야 할 어른들은 잘 들으려고 하지 않는다. 시험, 친구 관계, 신체적·정신적 불안, 장래 문제 등 나이에 비해 해결하기 어려운 문제가 많은 시기가 청소년기이다. 벅차다는 생각이 임계점에 이르면 아이들은 현실을 외면하는 태도를 취한다. 미리 아이들의 고민을 알아주고 출구를 찾아주어야 아이들은 바른 성장의 길로 들어서게 된다.

중2 아이들의 행동을 문제 삼기보다는 그 시기의 특성을 언제나 염두에 두어야 한다. 문제가 아닌데 문제가 있다고 보는 시선이 더 문제가 된다.

"그래서 힘들었구나."

"괜찮다."

마음이 담긴 한마디에서 아이는 부모의 마음을 진심으로 받아들인다. 마음이 열리면 대화와 소통의 물꼬도 트인다. 중2병에서 빨리 벗어날 수 있도록 도와주는 것은 강함이 아니라 이해해주려는 부드러움에서 비롯된다.

나 역시 배려 섞인 말에 반응이 없으면 서운하기도 했다. 하지만 그것은 내 기준에서 생각했기 때문이었다. 중2의 기준이 아니었다. 측은지심의 마음으로 보면 아이들은 크게 벗어나 있지 않았다. 그리고 스스로 생각을 조금씩 키워가면서 성숙해지고 있었다.

잘못을 잘못으로만 본다면 잘못은 수정의 과정을 거치지 못한다. 그리고 곧게 성장하지도 못한다. 잘못을 수정의 기회로 볼 수 있다면 그것이 희망이 된다. 잘못을 수정해줄 수 있는 혜안은 교육자와 어른들이 키워야 할 몫인 것이다.

14살, 이성보다 감성

> 살구는 자신을 있게 해준 나무를 생각하지 않는
> 듯하다. 빨리 익어서 열매들이 떨어져야 나무의 고통도
> 사라질 것이다. 멀리서 바라볼 때는 노란 열매와 파란
> 잎이 어울리는 향긋함과 풍성함이었지만 가까이에서 본
> 살구나무의 진실은 힘들어하는 고통의 모습이었다.

  6월 중순이다. 하지만 예년에 비해 높은 온도에 습기
까지 더해져 후덥지근하다. 기분이 좀처럼 나아지지 않
는다. 태양의 기세가 점점 뜨겁게 우리 주변을 달구고
있다. 그나마 다행인 것은 나뭇잎도 뒤질세라 짙은 초록
으로 무성하게 물들이며 그늘의 폭을 넓히고 있다는 것
이다. 고맙게 느껴지는 자연의 변화다. 뜨거운 태양 빛
도 그늘에서는 기세가 약하다. 아이들 중에는 나뭇잎 같
은 그늘을 꼭 필요로 하는 아이들이 있다.

  6교시가 시작되었다. 기말고사 시험문제 출제로 컴퓨

터에 정신이 팔려 있다가 눈의 피로도 풀 겸 시선을 창
밖으로 돌렸다. 푸른 나뭇잎이 눈에 들어왔다.

요즘에 마음을 일부러 비우는 시간을 자주 갖는다.
전부터 가지고 왔던, 관행처럼 이어져왔던 불합리하고
불필요한 것들을 잊게 되면서 마음이 가벼워지는 것을
느꼈기 때문이다. 비워진 공간을 편안한 생각으로 채우
는 것도 소소한 행복이었다. 성공하는 사람들의 특성 중
하나가 빨리 비우는 방법이라고 한다. 비우지 않으면 계
속 불필요한 생각에 사로잡혀 새로운 것으로 채우지 못
하고 미래로 나아가기 어렵다는 것이다. 나는 성공이 아
니라 편안함을 찾기 위해 비우기 시작하였다.

커피 한 잔을 챙겨서 살구나무 그늘에 가려고 했다.
주렁주렁 노랗게 익은 살구가 나를 유혹하고 있었다. 노
란 살구는 푸른 나뭇잎과 어울리면서 더 선명하고 탐스
러운 자태를 뽐냈다.

밖으로 막 나서려는데 복도 한 구석에 있는 앳된 아이
둘이 시야에 들어왔다. 그냥 지나쳐도 될 만큼 잔잔한
모습이었다. 하지만 가까이 다가가자 한 아이의 눈이 눈
물로 촉촉하게 젖어 있는 것이 보였다. 눈시울도 빨갛게
변해 있었다. 수업은 이미 시작된 후였다. 무엇 때문에

교실로 들어가는 것을 미루고 이 아이들은 여기에 있는 것일까? 나는 수업 시간이라는 규칙보다는 두 아이의 상황에 무게를 두고 접근하였다. 분명히 무슨 이유가 있을 것이란 생각 때문이었다. 규칙을 본질로 생각한다면 빨리 수업에 들어가라고 질책해야 했다. 하지만 아이들의 상황을 파악하는 것이 본질이라고 생각했다. 좀 더 가까이 다가갔다.

"슬픈 일이 있나 보구나."

두 아이는 살짝 고개만 끄덕였다.

"내가 도움이 될까? 도와줄 수 있는데."

나는 올해 3학년을 담당하고 있는데 앳된 아이들은 일면식도 없는 1학년 아이들이다. 소통이 될까 싶어 부드러운 태도와 상냥한 어조로 다가갔다. 하지만 두 아이는 경계심을 누그러뜨리지 않았다. 그러니 아이들의 반응은 거절이었다.

"아니에요."

"내가 도와주지 않아도 해결할 수 있는 일이니?"

"예."

관심을 갖지 말아달라는 표정 같았다. 하지만 그냥 지나치기에는 발걸음이 무거웠다. 나는 몇 발자국 가다가 돌아와 아이들에게 물었다.

"친구와 관계되는 일이니?"

"예."

역시 짤막한 답변이었다.

청소년기에 가장 큰 부분을 차지하고 영향도 크고 많은 것이 친구관계다. 사이가 좋은 친구들이 많은 아이는 학교생활을 훨씬 즐겁게 한다. 갈등은 흔한 일이고 교사의 도움 없이도 스스로 해결이 가능한 일들도 많다. 어쩌면 스스로 해결해가는 것이 아이들을 단단하게 만든다. 하지만 앞선 경험자인 교사나 부모의 조언이 필요하고 효과적일 때도 분명히 있다.

"그래, 그럼. 둘이서 이야기 나누고 바로 수업에 들어가야 한다."

"예."

울었던 아이가 이번에는 엷은 미소를 지었다. 나의 마음이 조금은 전달되었나 싶었다. 작지만 밝아진 표정을 읽으며 나는 가벼운 마음으로 살구나무 아래로 발길을 돌렸다.

올해는 가지가 찢어질 정도로 살구들이 주렁주렁 탐스럽게 열렸다. 그 바람에 가지가 휘어질 지경이다. 예년보다 훨씬 많이 달린 살구들은 풍요로움이 무엇인지를 온몸으로 보여주고 있다. 하지만 지나친 것은 부족한 것보다 못한 법이다. 가지들은 매우 힘겨워하고 있다. 나뭇가지는 살구의 무게를 이기지 못하고 축축 늘어져 어떤 가지는 '찍찍' 소리를 내며 찢어져 손을 뻗으면 잡힐 정도였다.

나무와 열매는 한 몸을 하고 있지만 서로를 배려하지 못하고 있다. 나무는 욕심이 많은지 자신의 일부를 훼손시키면서까지 저렇게 많은 열매를 거느리고 있다. 살구는 자신을 있게 해준 나무를 생각하지 않는 듯하다. 빨리 익어서 열매들이 떨어져야 나무의 고통도 사라질 것이다. 멀리서 바라볼 때는 노란 열매와 파란 잎이 어울리는 향긋함과 풍성함이었지만 가까이에서 본 살구나무의 진실은 힘들어하는 고통의 모습이었다. 멀리서 보고 진실을 이야기하는 것이 어리석다는 사실을 다시금 생각하게 되었다.

방금 전 아이들 생각이 났다. 살구나무처럼 힘들까? 더 가까이 다가가야 알 수 있는 것일까? 생각이 꼬리에 꼬리를 물었다. 마지막 커피 한 모금을 털어 마시고 서

둘러 발길을 돌렸다. 건물로 막 들어서자 얼마 전의 두 아이의 모습은 그대로였다. 이제 가볍게 지나칠 상황이 아니라는 판단이 들었다. 수업 시간도 한참이 지났다. 아까와는 달리 아이들은 이제 내가 개입해주기를 바라는지도 모른다. 속상해서 시작된 결과가 이제는 둘이서 수습을 하지 못하는 상황으로 변해 있었다. 그래서 그냥 그 자리에 있을 수밖에 없는 처지가 된 것이다. 스스로 교실로 들어가기에는 부담이 될 만큼 시간이 너무 많이 흘렀다.

"너희들, 아직도 안 갔네. 너희들끼리 해결할 줄 알았는데. 얘들아, 내가 도움이 될 수도 있을 것 같은데."

아이들은 말이 없었다. 하지만 아까와는 달라보였다. 도움을 받고 싶다는 묵시적 동의의 표정을 짓는 듯했다. 나는 적극적으로 개입하기로 결심했다.

"자! 우리 셋이 친구가 되어볼래."

친구라는 말을 꺼냈지만 두 아이는 내가 무슨 의미의 말을 하는 것인지 가늠해보며 나만 바라보았다.

"아, 내가 친구의 입장에서 도와줄게. 그리고 여기서 말한 내용은 우리 셋만 아는 거야. 그러니 다른 걱정은 하지 않아도 돼. 내가 너희 편에서 도와줄게."

나는 적극적으로 동의를 구했다.

"아까 친구관계 때문에 이렇게 되었다고 했는데 무슨 일인지 말해줄 수 있니? 다시 말하지만, 우리끼리만 아는 거니까 걱정하지 않아도 돼."

두 아이를 안심시키고 셋이라는 공동체를 만들어갔다. 아이들은 교사나 어른들을 쉽게 믿지 못하는 경우가 있다. 어른들의 입장에서 해결하려고 들기 때문이다. 그래서 어른들의 개입이 사태를 더 꼬이게 만든다는 것도 나는 경험으로 알고 있었다. 아이들은 그것을 우려하고 있는 것이었다.

"누가 먼저 이야기해볼래."

눈시울이 붉어진 아이보다 위로해주려고 옆에 있었던 아이를 바라보면서 말을 걸었다. 하지만 옆에 있던 아이는 할까 말까 망설이는 표정만 지었다. 말을 꺼내려다 주저하기를 반복했다. 극도로 말을 아끼고 있었다. 울었던 친구에 대한 배려와 나에 대한 신뢰가 아직 튼튼하게 형성되지 못했기 때문이라는 생각이 들었다.

한참을 그러더니 드디어 말문을 열기 시작했다. 하지만 첫마디부터 더듬었다. 이것을 바라보던 울었던 아이가 오히려 말을 하고 싶다는 표정을 지었다. 친구의 입장을 고려해서 더듬었는데 울었던 아이가 더 말을 하고 싶어 하는 듯했다. 다행이었다. 생각보다 쉽게 사연을 알 수 있을 것 같아 마음이 편해졌다.

사연은 이랬다. 두 아이는 각자 친한 친구들이 따로 있었다. 그런데 그 두 그룹은 서로 원만한 관계가 아니었다. 이름표를 보니 눈시울이 붉어진 아이는 승민이였고, 위로를 건네고 있는 아이는 슬예라는 아이였다. 두 아이들의 친구 그룹은 서로 달랐지만 승민이와 슬예는 그룹을 떠나서 친하게 지내는 사이였다.

울었던 승민이는 슬예가 속해 있는 그룹의 친구들과도 친하게 지내고 싶은 마음이 무척 강했다. 그런데 슬예 친구들은 승민이와 가까워지는 것을 탐탁지 않게 여겼던 것이다. 그런데도 승민이는 분위기를 알아차리지 못한 채 그 친구들과 어울리고 싶었다. 그래서 승민이는 슬예 친구들에게 자주 다가갔지만 살갑게 대하기는커녕 언제나 이방인 같은 느낌을 갖게 했다. 처음에는 그러려니 했지만 승민이는 갈수록 서운한 생각이 들었다. 그래서 오늘은 속상해서 승민이가 눈물을 보였고 슬예가 달래주고 있었던 것이다.

어찌 보면 흔한 일이고 당연해 보일 수 있는 일이었다.

하지만 승민이에게는 받아들이기 어려운 마음의 상처로 자리 잡았고 그래서 속상했던 것이다. 이러한 모습은 중학교 1학년 아이가 겪으면서 성장하는 과정이라고 할 수도 있다. 하지만 마음이 여린 승민이에게 지금의 상황은 쉽게 걷힐 것 같지 않는 짙은 먹구름처럼 마음을 짓누르고 있었다.

지금 승민이에게는 친구의 비중이 너무 크다. 그렇기 때문에 충격도 크게 느끼고 있다. 논리적인 이성보다는 감성이 더 크게 작용하는 시기의 정점에 있는 것이다. 감성이 더 커져 있는 승민이에게 나는 감성으로 공감하면서 이성을 보조 수단으로 사용했다. 나는 수업 시간이라는 규율의 프레임을 버리고 두 아이와 대화를 이어나갔다. 승민이가 이 늪에서 벗어나 스스로 단단한 흙을 밟으며 걸어 나갈 수 있게 하는 것이 더 중요하다고 여겼기 때문이다.

"승민아, 너를 알아주지 않는 친구들도 있지만, 너를 걱정해주는 슬예라는 진정한 친구가 지금 바로 네 앞에 있는데, 든든하지 않니? 지금 수업 시간인데도 들어가지 않고 너를 위로해주고 있잖니? 쉬운 일은 아니라고 생각한다. 나는 슬예야말로 승민이, 너의 진정한 친구라고 생각한다. 승민아, 친구가 많아서 좋을 수도 있지만 진정한 친구가 있는지가 더 중요하단다."

승민이가 내 말에 조금씩 관심을 보였다.

"승민아, 네가 더 많은 친구들과 잘 지내고 싶다면 슬예라는 친구가 너를 위해 지금 네 앞에 있다는 사실을 먼저 소중하게 여기면 좋겠어. 그리고 친구를 사귀는 것도 노력이 있어야 한단다. 마음이 강해야 하고, 친구들 앞에서 지금처럼 우는 모습보다 밝은 모습을 보여줘. 시간이 걸리겠지만 배려해주고, 웃어주는 사람을 친구들은 좋아한단다. 좋은 친구를 사귀려면 노력이 반드시 필요한 법이야. 승민아, 누군가 너에게 웃지도 않고 표현도 안 하는 사람이 다가온다면 좋아지는 마음이 생길까? 하지만 웃어주고, 좋은 표현도 해주면 시간이 걸리더라도 결국 너를 좋아하게 될 거야."

나는 짧은 시간이었지만 승민이의 개인적 성향을 대략 파악하고 말을 이어나갔다. 승민이 얼굴에서 생각보다 빨리 치유되는 미소를 발견했다. 나도 마음이 조금씩 놓이면서 승민이의 미소만큼 소통의 감을 잡아갔다. 승민이는 고개를 끄덕이며 친구에 대한 생각을 조금씩 정리하는 듯했다.

중학교 1학년에게 친구란, 반드시 있어야 즐겁고 생활에서도 큰 힘이 되어주는, 정서적으로 매우 중요한 존재다. 이런 의미를 충족시켜주는 슬예가 승민이 곁에 있다는 사실을 깨닫게 했다. 더 많은 친구를 원하는 지금의 승민이의 생각은 욕심일 수 있다. 자신의 진정한 친구가 옆에 있음에도 불구하고 자신을 반겨주지 않는 친구들에게 더 마음을 쏟고 있는 것이다.

"승민아, 이제 마음의 정리가 되었니?"

승민이는 대답 대신 조금 더 밝아진 미소로 답했다.

그런데 이제 다음 일이 문제였다. 수업에 들어가지 못했기 때문이다. 어떻게든 자연스럽게 이 문제까지를 해결해야 했다. 마침 6교시는 아이들의 담임선생님 시간이었다. 두 아이가 무단으로 수업에 들어가지 않았기 때문에 아무 탈 없이 교실에 들어갈 수 있느냐가 새로운 문제로 부각되었다. 지금 들어가서 교실에 있는 친구들에게 무어라 말할 것인지? 잘못하면 다른 그룹의 친구들이 승민이를 더 밉게 볼 수도 있는 상황이었다.

"승민아, 슬예야, 지금 너희들은 담임선생님에게 말도 안 하고 수업에 들어가지 않았으니, 걱정되지?"

당연한 말이었다. 하지만 아이들의 심정을 확인하고

싶었다.

"예에……."

짧고 자신 없는 목소리였다.

"지금 담임선생님이 걱정하고 계실 거야. 그럴 것 같지 않니?"

아이들은 고개를 끄덕였다.

"자, 내가 지금 교실로 올라가서 담임선생님께 너희 사정을 이야기하고 이해를 구해볼게. 그러니 너희들은 여기 화장실에서 얼굴 좀 씻고 평상시 얼굴 표정을 하는 거야."

두 아이는 그제야 평안한 표정을 보이며 나에게 의지했다. 나는 4층 교실로 올라가 조심스럽게 노크한 후 담임선생님을 밖으로 불렀다. 담임선생님은 이미 걱정이 되어 회장과 부회장에게 아이들을 찾으라고 한 상태였다. 담임선생님뿐만 아니라 교실에 있는 아이들도 두 아이가 수업에 들어오지 않은 이유가 무척 궁금한 듯했다. 나는 교실에 있는 아이들이 듣지 않도록 담임선생님에게만 자초지종을 이야기했다. 담임선생님도 이미 아이들의 친구 관계를 감지하고 있었다. 그래서 쉽게 양해가 되었다. 그럼 이제 아이들만 들여보내면 될 것 같았다.

그리고 돌아서서 몇 발자국을 떼는데 '아차' 싶었다. 선생님에게는 양해를 구했지만 정작 더 중요한 것은 교실에 있는 아이들을 이해시키는 것이었다. 승민이와 슬예가 담임선생님보다 교실에 있는 아이들의 눈치를 보지 않고 자연스럽게 입실하는 것이 중요했기 때문이다.

나는 다시 교실로 발길을 돌렸다. 그리고 문을 살며시 조금만 열고 문고리를 잡은 채 담임선생님하고 눈인사를 하고서 반 아이들을 향해 승민이와 슬예가 부담 없이 교실로 입실할 수 있는 환경을 나름대로 만들었다.

"얘들아, 미안하다. 내가 승민이와 슬예하고 상담을 하였는데 너희들에게 말을 못 했다."

그러자 아이들은 놀라는 표정이다. 몇몇 아이들에게는 처음 보는 얼굴인 내가 불쑥 나타나 '상담' 운운했으니 말이다. 어떤 아이는 승민이와 슬예가 잘못이라도 했을까 봐, "무슨 일 있어요?" 걱정스러운 표정을 지으며 불쑥 말을 던지기도 했다.

"아니야. 별일은 아니고, 이야기할 게 있었어."

나는 문을 닫고 바쁘게 발길을 돌려 1층으로 내려왔다. 내려오면서도 이런저런 생각들을 했다. 갑작스런 일이라 지금 이어지는 과정이 잘 돼가고는 있는지…….

두 아이는 나를 기다리고 있었다. 눈시울을 붉혔던 아이가 더 관심 있게 나를 바라보았다. 반 아이들에게 선생님이 너희와 상담을 했다고 했으니, 너희는 걱정하지 않아도 된다는 말을 건넸다. 두 아이는 미소를 보이며 고개를 끄덕였다. 마치 '선생님 잘하셨네요.'라는 표정처럼 읽혔다.

"자, 이제 교실로 들어가도 괜찮을 거야. 나하고 상담한 것이니까."

그런데 슬예가 다시 말을 이었다.

"선생님, 그런데 울었던 자국이 나는데 어떡해요."

"슬예야, 상담할 때 웃을 수도 있고 울 수도 있지 않니? 너는 울었던 거야."

그제야 슬예는 또 한 번 이해가 된다는 표정을 지었다. 두 아이는 아무 일 없는 상황으로 돌아가고 싶은 것이었다.

인생은 먼 길을 향해 떠나는 것이다. 그런데 아이들에게는 경험을 했던 일보다 처음 겪는 일들이 더 많다. 그렇기 때문에 두렵고 힘들 때도 많은 것이다. 어디로 가고 어떻게 해야 할지도 가늠하지 못할 때가 있다. 어둠에서는 등불이 어둠을 몰아낸다. 등불이 있다면 아이들은 조금 빨리 깨닫고 방황을 줄이고 성숙해질 수 있다. 밝은 등불은 좋은 곳을 비춰주는 역할을 할 수 있다.

다음 날 승민이와 슬예와 우연히 마주쳤다. 어제의 먹구름은 온데간데없고, 비 온 뒤 맑아진 하늘처럼 둘이서 손을 꼭 잡고 있었다. 어디까지 해결되었고, 어느 정도 마음이 성숙해지고, 어떻게 친구관계를 만들어나갈지는 알 수 없었다.

이성보다 감성이 앞서는 14살이다. 언제 먹구름이 또 닥칠지 모른다. 하지만 어제의 일이 앞으로 닥칠 먹구름을 스스로 걷어내는 데 조금이라도 힘이 되어줄 것이란 믿음이 들었다. 경험한 만큼 성숙해지는 법이다. 어제의 경험이 승민이와 슬예가 살아가면서 또 하나의 디딤돌로 자리매김하길 빌었다.

착한 경쟁

경쟁이 없는 사회는 존재하지 않는다.
하지만 어떤 경쟁이 일어나야 좋은 사회이고
행복한 사회일까. 행복한 사회는 존재한다.

청동기시대 농경의 발달로 부의 잉여가 인류 역사에서 처음으로 나타났다. 사람들이 그 잉여가치를 차지하는 과정에서 경쟁이라는 사유도 자연스럽게 나타났다. 무엇을 위해서 경쟁을 해야 하고, 어떤 방법으로 경쟁을 해야 하고, 가치를 어디에 두어야 하는가? 이러한 사유는 시대의 사조에 따라 선택의 방향이 달라졌다.

최초로 경쟁이 나타난 청동기시대에는 식량을 더 많이 차지하기 위해 경쟁했다. 부를 더 차지한 자가 권력을 차지하면서 조직의 우두머리가 되었다. 이때부터 계

층이 분화되고 경쟁이라는 패러다임도 형성되었다. 신석
기시대까지는 원시평등사회였다. 더 가져갈 수 있는 잉여
자원이 없었기 때문에 경쟁이 필요하지 않았다. 하지만
먹고도 남는 식량이 있었다면 경쟁은 신석기시대에 이미
시작되었을 것이다.

이처럼 더 많이 차지하기 위한 경쟁은 다툼으로 이어
지기도 했다. 개인의 차원을 넘어 부족 간의 전쟁으로
나타났다. 시간이 지나면서 인간의 욕망도 불씨를 더 크
게 지피기 시작했다. 기본적인 욕구를 뛰어넘는 욕망도
발생하였다. 공동체 내에서조차 기본적으로 지켜야 할
가치가 무너지기 시작했다. 착한 경쟁이 아니라 원시적
인 야만의 경쟁이었다.

경쟁으로 얻어진 부가 자신의 지위를 높이는 수단으
로 활용되는 게 요즘의 현실이다. 요즘 아이들도 경쟁을
통해 각자 우위에 설 수 있는 일반적 사회 환경을 따른
다. 학교에서 이루어지는 결과 지향 경쟁이라는 상벌 교
육은 아이들의 생각을 상벌의 프레임에 가두고 있다. 이
는 과정보다 결과를 중요시하는 교육의 산물로서, 아이
들 마음에 이기심을 키우는 교육이기도 하다. 반면 협동
과 협력의 자아는 자라지 못하고 오히려 작아졌다. 오늘

의 사회 문제의 시작이 우리네 교육의 현실에서 비롯되고 있다는 진단이 어느 정도 타당한 것도 이런 이유 때문이다.

성적이 최상위권에 속하는 진숙이는 학급 회장 선거에는 나가지 않겠다고 했다. 나와 상담을 하면서 강조했던 말이다. 1학년 때 회장 출마를 했지만 2표를 얻는 데 그쳤다. 그 2표는 진숙이에게 강한 트라우마로 작용했다. 성적과 인간관계가 반드시 비례하지는 않지만 최상위 성적을 가진 진숙이는 그것을 이해하지 못했고 큰 상처만 받고 말았다.

'왜 2표밖에 나오지 않았을까?'

그 이유를 찾고 분석하고 극복하려는 노력을 했다면 약이 될 수 있었을 것이다. 하지만 그러질 못했다. 2표라는 트라우마에 휩싸여 두렵고 불만을 앞세운 것이다. 그래서 또 다시 회장 선거에 나설 엄두도 내지 못한 것이다. 대신 자신의 강점인 성적 경쟁으로 위안을 찾으려고 한 진숙이였다. 최상위권의 성적을 유지하면서 상처를 감싸고 위안을 받는 듯했다. 하지만 왠지 허전하고 우울한 마음은 진숙이의 생활 속에서 불쑥불쑥 찾아왔다. 최고의 성적을 성취했지만 보상을 다 받지 못했기 때문이었다. 성적이 삶의 행복까지 채워주는 것은 아니다. 특히 친구관계까지 해결해주는 것은 아니다.

알피 콘은 『경쟁을 넘어서』에서 인간의 경쟁을 '의도적 경쟁'과 '구조적 경쟁'으로 구분하였다. 후자인 구조적 경쟁은 '내가 성공하기 위해서는 상대방이 실패해야 한다.'는 전제가 바탕이 된다. 이때 승자는 승리감과 성취욕에 집착하게 되고 그 집착은 경쟁이라는 굴레에 스스로 갇히게 된다.

공병효는 『교육받은 야만인-크리슈나무르티와의 대화』에서, 상·벌을 수단으로 한 경쟁 관계는 인간의 이기심을 조장하는 것은 물론이고 그 결과 탐욕이 길러지고 욕망이 생겨 자유스러운 행동이 부족해진다고 주장하고 있다. 자유스러운 행동에서는 창의력이 커지지만, 상·벌을 수단으로 한 경쟁에서는 자기 과시가 커지고 경쟁의 과정에서 폭력과 시기심도 가져올 수 있다는 것이다.

경쟁에 대한 고민이 깊어져갈 때쯤 하나의 사례를 접하게 되었다. 경쟁이 없는 사회는 존재하지 않는다. 하지만 어떤 경쟁이 일어나야 좋은 사회이고 행복한 사회일까. 행복한 사회는 존재한다.

은주가 나에게 달려왔다. 은주는 작은 일이 생겨도 나

에게 달려와 속삭여주는 고마운 아이다. 그리고 내 의견
도 듣기 좋아했다. 새로운 난센스 퀴즈를 알게 되면 나
에게 재빨리 달려와 문제를 냈다. 그리고 나의 답을 기
다리는 것을 즐겼다. 하지만 나는 거의 맞추지 못했다.
내가 맞출 때보다 맞추지 못할 때 은주는 더 흐뭇해하
는 것 같았다. 그런데 오늘은 퀴즈를 가지고 찾아온 것
이 아니었다.

"선생님, 들어보세요."

논술 시간에 있었던 일을, 고발하듯이 나에게 다급하
게 말했다.

'행복의 격차가 큰 사회'와 '행복의 격차가 작은 사회'
가 있다는 논제가 주어졌단다.

'행복의 격차가 큰 사회'에서는 상위 그룹의 사람들은
많은 혜택을 누리며 살 수 있다. 그러나 하위 그룹의 사
람들은 제대로 된 혜택을 누리지 못한 상태로 살아가야
한다. 반면에 '행복의 격차가 작은 사회'에서는 상위 그룹
의 사람들도 누리고 싶은 것을 마음대로 다 누릴 수 없
다. 대신 하위 그룹의 사람들은 부족함이 덜한 상태로
살아가는 사회다. 이러한 두 사회가 있다고 할 때 여러
분은 어느 사회를 선택하겠는가?'를 두고 논술반 11명에

게 물었단다. 그중 9명이 격차가 큰 사회를 선택했고, 2명만이 격차가 작은 사회를 선택했다는 것이다.

격차가 큰 사회를 선택한 9명 아이들의 이유는 다음과 같았다.

"나도 노력해서 경쟁에서 이기게 되면 많은 것을 누리는 상위의 행복한 사람으로 살 수 있기 때문이다."

이러한 결과가 나온 것에 대해 어떻게 생각하는지 은주는 나의 생각을 알고 싶어서 내게 달려온 것이다. 한편으로는 9명이라는 절대 다수가 '행복의 격차가 큰 사회'를 선택한 했다는 예상 밖의 결과가 놀라웠다.

어떤 선택이 옳은지 그른지의 문제로 판단하기가 조심스러웠다. 어느 쪽으로 판정을 내리든 은주에게 편향된 의식을 심어줄 것 같았다. 다양한 접근이 필요했다. 어떤 경쟁을 해야 하는지, 경쟁의 결과로 얻은 가치를 어떻게 사용해야 하는지, 나아가 사회적 통념과 시스템까지도 생각해야 할 문제로 보였다. 이처럼 복잡한 문제를 은주가 가져온 것이다. 은주도 생각이 많아지면서 나의 답을 듣고 싶어 했다.

우리는 끊임없이 선택의 문제에 직면하면서 살고 있다. 9명은 노력한 만큼 대우를 많이 받으면서 잘살고 싶기 때문에 격차가 큰 사회를 선택했다. 2명은 격차가 크지 않는 세상에서 살고 싶었다. 아이들이 이렇게 선택을 하게 된 배경에 어떤 환경과 지식과 사유가 작용하였을까? 그런 만큼 나는 이 문제를 단순하게 접근해서 풀면 안 된다고 생각했다.

어느 사회의 삶이 더 행복한 삶이 될까? 어느 사회의 삶이 개인적 욕망을 더 부추기는 삶일까? 갈등과 분열이 커지는 사회는 어떤 사회일까? 아리스토텔레스는 우리 인간 행위의 궁극적인 최고선을 행복에 두었다. 어느 사회를 선택하든, 그 사회를 선택한 사람은 더 행복해져야 한다. 나 홀로 행복해지기는 어렵다. 인간은 관계 속에서 더 행복해지는 존재이기 때문이다.

9명의 학생들은 자신이 상위에 속할 수 있다고 전제했을 것이다. 하위 그룹에도 얼마든지 속할 수 있다는 생각을 했는지 궁금했다. 우리는 성공과 승리에 더 큰 비중을 두고 생각한다. 하지만 실패했을 때를 대비하고 생각하는 습관은 부족하다. 승리만을 생각하고 덤비면 실패했을 때 상심은 더 크기 마련이다. 11명 중에서 9명을 상위 그룹으로 포용할 수 있는 사회는 현재로서는 존재하지 않는다. 대신 반대의 사회는 존재한다.

성적 경쟁에서 이기기 위한 부단한 노력 끝에 진숙이는 목표를 달성하였다. 그런데 진숙이는 즐거운 마음과 불안한 마음을 모두 느꼈다. 즐거운 마음도 있지만 불안한 마음을 제어할 수가 없었다. 진숙이는 마냥 즐겁지 않았다. 불안한 마음도 순간순간 밀려왔다. 시험이라는 성적 경쟁에서는 절대 지면 안 된다는 마음이 항상 도사리고 있었다.

성적을 지키고 추월당하지 않는 경쟁이 최고선이 되고 있었다. 그러니 경쟁의 연속 속에서 행복한 마음과 즐거움은 점점 줄어들었다. 무엇을 위한 경쟁보다는 친구에게 뒤지지 않는 경쟁을 생각했다. 끊임없이 상대와 비교하는 경쟁을 생각하는 것이다.

시험으로 비교하는 경쟁은 숫자 경쟁이다. 1등과 2등이라는 숫자의 비교는 창의력을 떨어뜨리는 경쟁에 학생들을 가둔다. 경제협력개발기구(OECD) 국가 가운데 우리나라의 학업성취도는 최상위권이다. 대단한 결과이다. 하지만 흥미와 만족도 그리고 청소년들의 삶의 질은 최하위권이다. 극과 극의 결과다. 흥미와 만족도가 떨어지는 것은 지식경쟁과 비교하는 경쟁 때문이다.

삶의 질이 떨어지는 것은 학업 스트레스가 크기 때문

인데, 가족으로 인한 스트레스가 전체 스트레스에서 반 이상을 차지하고 있다. 성적이 성공으로 이어진다는, 관습적인 가족의 기대와 성화가 크기 때문이다. 스트레스 때문에 우울증을 앓는 아이도 있다. 화려한 성과 뒤에 드리운 짙은 그림자에 안타까울 때가 있다.

경쟁의 프레임도 이제는 바꿔야 한다. 자신의 삶을 제대로 인식해서 더 행복해지기 위해서이다. 따라서 비교의 경쟁 속에 묻혀 있던 자신의 소질을 꺼내야 할 새로운 경쟁의 패러다임이 필요하다. 그래야 아이들이 누구나 당당해질 수 있다. 성적 때문에 위축되는 아이들이 너무나 많다. 선진의식으로 성장하려면 무슨 직업이냐를 묻기보다는 하고 있는 일에 대한 전문성과 자존감이 있는지를 보살펴주어야 한다. 교육 선진국은 아이들이 지닌 잠재력을 꺼내주는 교육을 한다. 그런데 우리는 무슨 지식을 넣어줄 것인지를 생각한다.

비교하지 않는 경쟁은 자기가 좋아하는 일을 하는 것에서 비롯된다. 그리고 자신과 경쟁하는 것이다. 좋아하는 일에 몰입하면 다른 사람을 의식하지 않는다. 경쟁의식이 아니라 자신의 재능을 키우는 일에만 몰두하게 되는 것이다.

각자를 존중하는 협력의 문화도 여기서 만들어진다. 서로의 가치를 존중해주니 성취의 기쁨도 함께 느끼고 관계도 지속시킬 수 있다. 하지만 '비교 경쟁'에서 느끼는 성취감은 지속되지 않는다. 성적이 떨어지면 성취감은 곧바로 추락한다. 비교 경쟁의 교육 환경에서 '나'를 찾는 일은 결코 쉽지 않다. 과정을 중시하는 교육으로 변화를 하는 것은 선택이 아니라 필수가 되어야 한다.

전옥표는 『착한 경쟁』에서, 누군가를 짓밟고 올라서는 경쟁이 아니라 어제의 자신보다 더 나아지기 위한, 진정한 가치를 위해 열심히 사는 모습을 위한 착한 경쟁을 말하고 있다.

스스로의 발전을 위해 노력하는 '착한 경쟁'이 필요하다. 창의력을 바탕으로 한 성공은 착한 경쟁이다. 내 꿈을 조금씩 키워나가는 나와의 경쟁이라면 흥미와 재미도 솔솔 피어날 수 있다.

얼마 전 국무총리는 수능 절대평가 전환 등 교육 개혁은 매우 신중하게 때로는 천천히 진행되어야 한다는 소신을 밝혔다. 이어서 "91점과 100점이 똑같이 1등급인데, 어쩌다 보니 91점을 받은 나는 대학에 합격하고, 100점을 받은 친구는 떨어졌다면 그 친구가 받아들일 수 있겠는가"라는 소견도 밝혔다. 보편적 삶의 방향에서 보면 너무나 당연하고 지당한 말처럼 보인다. 하지만 정치와 교육은 다른 면이 있다.

아이들에게 다양한 사유의 방향을 알려주어야 한다. 이 말에도 오류는 있다. 지금의 4차 산업혁명 사회에서는 91점짜리가 합격될 수도 있어야 한다. 예를 들어 91점 학생은 교과 공부를 줄이는 대신에 독서와 사유의 시간을 늘려 창의력 신장을 위해 노력했다. 100점을 맞은 학생은 교과공부에 올인했다. 또한 누구를 뽑아야 하는지는 대학에 맡겨야 한다. 물론 100점을 맞은 학생도 독서와 창의력 신장을 위해 노력했을 것이다. 그랬다면 100점을 맞은 학생이 합격해야 한다.

하지만 우리네 교육의 교과 지식의 양과 수준을 고려하면, 독서와 교과를 병행하기란 쉽지 않다. 독서는 읽는 것에 그치고 않고 사유가 따라야 창의력을 신장시킬 수 있다. 시간이 많이 걸리는 일이다.

지식은 더 이상 미래 사회의 인재가 갖추어야 할 필요충분조건이 아니다. 적은 지식에서도 창의성을 꽃 피울 수 있는 사고력을 창출하는 바탕이 더 중요하다. 4차 산업혁명에서는 지식이 만능이 아니다. 세계 인구의 0.25%

에 불과하지만 노벨상의 30% 가까이를 거머쥔 유대인들의 역량은 지식에서가 아니라 어머니의 뱃속에서부터 길러진다. 하브루타식 창의성 자극 교육이 바로 그것이다. 한 명이 아니라 두 명의 협력을 중요하게 여기는 교육인 것이다.

너무나 많은 아이들이 학업 스트레스를 받고 있다. "경쟁에 대한 축이 변화할 때 비로소 삶이 움직인다!"라는 전옥표 작가의 말처럼, 타인이 아닌 내가 경쟁의 축이 되어야 한다. 타인과의 경쟁으로 인한 스트레스 대신에 발전의 축을 나로 삼아야 한다. 나 자신을 바꾼 만큼 행복해질 수 있다.

진숙이는 다행히 착한 경쟁을 생각하면서 마음이 편해지고 있다. 어머니와 상담을 하면서 진숙이 마음을 이해할 수 있었다. 어머니와 진숙이는 용기 있는 변화를 시도했다. 잘못됐다고 생각하는 것들을 버리려고 노력했다. 친구들에게 다가가는 방법도 생각했다. 학습에서 멘토의 역할도 자청했다. 공부를 하더라도 흥미를 느끼고 창의력이 높아지는 방법이 있다는 즐거움을 느끼는 것이 행복해지는 길임을 진숙이가 더 깨닫기를 기원했다.

지렁이와 가까운 아이

지렁이는 절대로 다른 동물들을 공격하지 않는다.
아무런 무기도 휴대하고 다니지 않는다.
이빨도 없고 발톱도 없고 독침도 없다.
완벽한 비폭력주의자다.

나에게 지렁이는 흐물흐물한 징그러운 동물에 지나지
않았다. 여름철 한바탕 소나기가 쏟아지고 난 후, 지렁이
가 여기저기 널브러진 채 말라죽어 있는 모습은 피하고
싶은 광경이었지, 유쾌한 풍경은 아니었다. 징그럽다고
생각하는 것 자체가 일단 비호감이었다. 보이는 게 지렁
이 가치의 전부라고 단정했다. 보이는 것이 전부가 아니
라는 사실을 지렁이에게만큼은 적용하지 못했다. 내가
사물에 대해 부족한 관찰자였다는 사실은 한참 지난 후
에야 깨달았다.

나는 역사산책반 아이들을 데리고 향토 문화를 이해하기 위해 학교 근처 서달산에 올랐다. 한참을 올라가다가 뒤를 돌아보았다. 놀라운 광경이 눈에 들어왔다. 지혜라는 3학년 여자 아이가 지렁이를 손바닥 위에 애완동물처럼 올려놓고 있었다. 지렁이가 크다 보니 손바닥을 넘어 팔까지 뻗어 있었다.

나도 놀랐지만 같은 동아리 활동 여학생들은 물론 남학생들도 놀라서 움찔했다. 대부분 아이들은 징그럽다는 생각에 지혜와 거리를 두었다. 하지만 지호는 신기하게 느꼈는지 오히려 가까이 다가갔다. 한참이 지나고, 지혜가 지렁이를 숲속에 놓아주었다. 길가로 나와 있었던 지렁이에게 한참동안 사랑을 듬뿍 주고서 숲으로 돌려보내 주었다. 지렁이는 지혜의 손길을 좋아하지 않았을 수 있다. 하지만 지혜는 나름 사랑을 주고 보내준 듯했다.

나는 태연한 척, "괜찮니?" 어정쩡한 말을 건넸다. 지렁이가 지혜의 손에 있던 장면이 이해가 되지 않았기 때문이다. 내가 한 번도 해보지 않았던 일이고 지렁이를 비호감 생물로 여겼기 때문이다. 별스런 아이라고 생각했다.

그로부터 2년이 지났다. 나는 우연히 이외수의 『감성사전』을 접했다. 거기에는 지렁이 예찬과 지렁이의 진실이 들어 있었다. 순간 정신이 번쩍 들었다.

지렁이는 우울한 지하의 방랑자. 지상으로 나오면 체
액이 말라 질식사할 위험성을 내포하고 있다. 지상의
여러 동물들은 지렁이를 즐겨 먹는다. 공중을 나는
새들도 지렁이를 즐겨 먹고 물속을 헤엄치는 고기들
도 지렁이를 즐겨 먹는다. 땅거죽을 기어 다니는 개
미들도 지렁이를 즐겨 먹고 땅 속을 기어 다니는 두
더지도 지렁이를 즐겨 먹는다. 그러나 지렁이는 절대
로 다른 동물들을 공격하지 않는다. 아무런 무기도
휴대하고 다니지 않는다. 이빨도 없고 발톱도 없고
독침도 없다. 완벽한 비폭력주의자다. (…) 아리스토
텔레스는 지렁이에게 대지의 창조자라는 찬사를 보
낸 바가 있는데 이는 지렁이가 박토를 옥토로 바꾸어
놓는 토양의 마술사이기 때문이다. 지렁이 한 마리가
일생 동안 토해내는 흙의 양은 수만 톤에 이르며 아
무리 척박한 산성 토양도 기름진 알칼리성 토양으로
변모된다. 만약 하나님이 지렁이를 이 세상에 보내시
지 않았다면 지구가 오늘날 이토록 아름다운 초록별
로 존재하지는 않았을 것이다.

이외수의 『감성사전』에 나오는 내용이다. 관찰력이 돋보였고 작가의 힘이 느껴졌다. 이를 통해 나는 지렁이에 처음 입문했다.

외모만 보고 판단해버린 일들이 얼마나 많았던가? 지렁이는 징그러운 존재가 아니라 보호받아 마땅한 존재였다. 지혜라는 아이는 나보다 나은 생각을 하고 있었다. 나은 생각은 행동으로 나타났다. 그러나 나는 그때 그것을 알지 못했다.

동물들은 이전투구 하듯 싸운다. 암컷을 차지하려고 피 터지게 싸우는 수컷 동물들도 있다. 자기가 먼저 먹으려고 으르렁거리기도 한다. 먹이를 독차지하려고 한다. 이기심을 전혀 부끄러워하지 않는다. 사람도 크게 다르지 않다. 먼저 가지려고 하고 자신의 맘에 들지 않는다고 싸운다. 왜 갈등을 빚을까? 자기가 먼저여야 하기 때문이다. 왜 자기가 먼저여야 하는가? 욕심, 이기심 때문이다.

보이는 것이 전부가 아님을 알 수 있는 혜안이 있다면, 또한 보이지 않는 부분을 볼 수 있는 통찰력을 지닐 수 있다면, 그 사람은 풍요로운 사람이고 갈등을 줄이는 사람이다. 우리는 빙산을 보고 있지만 수면 아래로 가려져 있는 부분이 상상을 초월하는 크기라는 생각을 하지 않는다.

지렁이가 그렇다. 흐물흐물한 모습이 전부가 아니다. 지렁이에게는, 보이지 않는 빙산처럼 우리가 알아야 할 것들이 많다. 미물처럼 생각되는 지렁이를 보고서 깨달음을 얻고 진실을 알 수 있다면 남에게 상처를 입히는 일도 줄일 수 있을 것이다.

겉보기에는 보잘것없지만 진실을 알게 된다면 사랑스러운 존재가 되는 것이다. 인간관계가 그렇듯이 말이다. 지렁이는 흐물흐물한 외형 때문에 피해를 많이 보는 생물이다. 사람도 그렇다. 진실에 접근하지 못하면 누구에게나 발생할 수 있는 불행이다.

얼마 전 졸업생이 찾아왔다. 방송 PD가 꿈인 지희였다. 독서와 필사에 대해 이야기를 나누다가, 지렁이로 이야기가 모아졌다. 나는 지렁이에 대해 예찬론자가 된 것처럼 이야기를 늘어놓았다.

'만약 하나님이 지렁이를 이 세상에 보내시지 않았다면 지구가 오늘날 이토록 아름다운 초록별로 존재하지는 않았을 것이다'라는 이외수 작가의 표현은 지렁이가 박토를 옥토로 만들어주었기 때문에 가능한 말이다. 비옥한 땅에서 자란 작물은 풍성한 결과를 인간에게 안겨준다.

비옥한 땅이란 지렁이가 있다는 징표가 된다. 지렁이는 이리저리 땅을 후비며 숨구멍을 내고 엄청난 양을 먹는 만큼 배설하여 거름을 열심히 만든다. 지렁이가 활동하지 않는 땅은 굳어진다. 이러한 땅에서는 미생물도 살기 어렵다. 이러한 땅은 씨앗을 뿌려도 식물이 맥을 추지 못하니 수확량이 적을 수밖에 없다. 지렁이는 대지의 창조자라는 아리스토텔레스의 통찰이 빛난다. 지렁이는 초록별 지구를 위해 게으름도 피우지 않고 제 할 일을 묵묵히 다하는 존재인 것이다.

지렁이는 눈도 없고 다리도 없으며 먹이사슬 최하층에 속해 있다. 그런데도 아무런 조건 없이 순수하게 자신을 내어준다. 새로운 생명 탄생에 도움을 주는 착한 존재다. 반항하지도 않기 때문에 처갓집에서 키우는 병아리조차 아무런 거리낌 없이 지렁이를 좋아한다. 병아리에게 충분한 영양소가 되었는지 병아리는 통통하게 살이 올랐다.

그 효능이 알려지면서 사람들도 지렁이를 약용으로 쓰기 시작했다. 이처럼 지렁이는 다른 동물에게 자신을 기꺼이 내어주지만 공격을 하지 않는 비폭력 평화주의자이다.

지렁이는 사랑 때문에 싸우지도 않는다. 암컷과 수컷이 한 몸에 있는 자웅동체이기 때문이다. 사랑 때문에 분란을 일으키지 않고 번식이 가능한 생물이다.

지렁이는 보이는 것이 전부가 아닌 생물이다. 외모만 보고 평가한 잘못이 얼마나 큰지를 느끼고 깨닫게 했고, 게다가 잘 새겨보라는 가르침까지 주었다.

지희가 얼마 후에 다시 나를 찾아왔다. 지렁이 이야기를 듣고서 많이 생각하고 깨달았다는 것이다. 그리고 이를 인용하여 글을 썼고 덕까지 봤다며 고맙다는 인사도 했다.

독일의 숲속유치원 교육에서 숲길을 걷고 있는 아이들을 TV에서 본 적이 있다. 선생님과 함께 10여 명의 아이들이 숲으로 가기 위해 좁은 비포장도로를 걷고 있었다. 듬성듬성 자갈들도 보이는 한적한 길이었다. 네댓 살 정도의 아이들의 느린 걸음은 자연과 조화되어 아름다운 풍경을 만들어냈다. 그런데 일행 중 한 여자 아이가 갑자기 길에 쪼그리고 앉았다. 그리고 뭔가를 한참 관찰했다. 망설인 끝에 지렁이를 집어 길 옆 도랑에 내려놓았다. 기자가 물었다.

"왜 지렁이를 도랑에 내려놓았니?"

"차가 지나가면 지렁이가 아프잖아요."

숲속유치원 교육의 목적이 고스란히 드러났다. 자연은 아이의 건강은 물론, 인지능력과 지각능력을 향상시키고 있었다. 우열을 가리는 경쟁의 교육이 아니라 숲속에 있는 울창한 나무와 햇빛, 풀벌레, 계곡물을 소통의 재료로 삼으면서 감각을 자극시키는 교육이었다. 다양한 체험 활동은 아이들을 정서적으로 풍요롭게 만들 것이라고 확신하게 되었다. 자연과의 소통을 통해 타인과의 소통을 배우는 교육이었다.

어느 여름날, 소나기가 그친 후에 학교 화단에도 지렁이가 나와 있었다. 나보다 훨씬 나아 보였던 지혜라는 아이가 떠올랐다. 오늘은 나도 지혜처럼 지렁이를 만져 보고 싶었다. 계속 마음에 담아온 소망을 오늘 꼭 이루고 싶었다.

나는 일부러 큰 지렁이를 택했다. 지렁이에게 손을 살짝 댔을 뿐인데 지렁이가 놀랐는지 화들짝 큰 동작으로 빠르게 몸부림쳤다. 나는 지렁이의 몸동작에 놀라 손을 잽싸게 움츠렸다. 다시 손을 댔지만 마찬가지였다. 만지지 말라는 신호인 듯했다. 두 번, 세 번, 반복하자 지렁 이는 조금 유순해졌다. 만질 용기도 생겼다. 엄지와 검지 로 지렁이를 살짝 들었다.

지렁이에 대한 진실을 알지 못했다면 만질 이유도 없 었고, 만지지도 못했을 것이다. 지렁이의 저항이 둔해졌 다. 오른손으로 집어 왼쪽 손바닥에 올려놓자 큰 저항은 하지 않았지만 몸을 일으켜 세우더니 입을 크게 벌렸다. 지렁이의 입을 비로소 보게 되었다. 신비로웠다.

나는 지렁이와 친해지고 있었다. 시간이 지나면서 지 렁이는 순한 양처럼 손바닥에 적응하기 시작했다. 나의 체온을 느끼는 듯했다. 그 느낌도 그리 나쁘지 않았다. 보이는 것처럼 징그럽지 않았다. 부드러움도 느껴졌다. 얼마든지 가까이 지낼 수 있을 듯했다. 하지만 지렁이는 나를 싫어할지 모른다. 나는 지렁이를 다시 화단 숲속에 내려놓았다.

지혜는 나를 가르쳐준 아이다. 지혜는 나의 옹색한 마 음을 넓혀준 아이다. '보이는 것이 결코 전부가 아니다.' 라는 사실을 지렁이를 통해 다시 한 번 알려주었다. 보 이는 현상만 보고 진실을 판단한 실수를 범하지 말아야 겠다. 특히 아이들을 보면서는 더욱 그래야겠다.

보이지 않는 부분을 찾아내고 격려해주는 것이 교육이다. 하나쯤의 장점은 누구에게나 있다. 발견하지 못했을 뿐이다. 지혜는 지렁이를 통해서 나를 깨닫게 해주었다. 이보다 더 감동적인 교학상장이 있을까 싶다. 지혜에게 고마운 마음을 전하고 싶다.

돌아오지 않은 우산

나는 편지를 읽고 또 읽었다. 읽을수록 현서의 마음이
오롯이 전달되었다. 울컥하게 만드는 울림도 있었다.
현서는 신뢰를 깬 것이 아니라 지금부터 신뢰를
쌓아가려는 노력을 시작한 것이다. 현서는
지금까지 깊이 있게 생각하지 못했던 약속과 신뢰에
대해 진지하게 고민하고 부끄러움도 알아가고 있었다.

밤새 내린 비는 아침이 되어도 그치지 않고 대지를 적시고 있었다. 장독 뚜껑에도 빗물이 고였다. 떨어지는 빗방울에 고인 빗물도 반응을 하며 튀어 올랐다. 아침 식사 준비를 위해 어머니와 장독대까지 동행하였다. 장독에는 아침 밥상에 오를 된장과 김치가 가득 들어 있었다. 우산을 받쳐드린 것은 어머니가 비를 맞지 않기 위해서가 아니라 장독 안으로 빗물이 들어가지 않게 하려는 이유가 더 컸다.

아침을 먹자마자 우리 오남매는 학교 갈 준비로 바빴

다. 작은 누나가 먼저 우산을 챙겼다. 상태가 가장 좋은 것을 찜했다. 천으로 만든 한두 개를 제외하고는 투박한 대나무살에 파란 비닐을 씌운 우산이 전부였다.

어릴 때 비 오는 날 풍경은 지금 생각해도 아련한 추억과 정감으로 다가온다. 냉장고가 없던 시절에 장독대는 밑반찬을 보관하는 유일한 장소였다.

오늘날과 비교하자면 과거는 자연과 감성의 영향이 컸던 시절이기도 하다. 그래서 그 시절이 더 행복한 추억으로 떠오르게 된다. 감정이 더 크게 작용했던 시기였기 때문일 것이다. 정호승 시인의 「비닐우산」 한 구절처럼, 작은 일에도 함박웃음을 짓던 시절이다. 조악한 비닐우산은 약한 바람에도 쉽게 뒤집히니 조심조심, 우산대를 꽉 움켜잡아야 했다. 하지만 어느 순간 바람 앞에 휙 뒤집히기 일쑤였고 뒤집혀도 걱정보다 웃음이 앞섰다.

> 오늘도 비를 맞으며 걷는 일보다
> 바람에 뒤집히는 일이 더 즐겁습니다.
> - 정호승, 「비닐우산」 중에서

우리 학교 교정에는 가을을 알리는 울긋불긋한 나무

들이 많다. 가을의 시작을 알리는 것은 은행나무다. 그런데 예쁜 노란 옷으로 갈아입은 은행나무를 시샘하는지 가을비가 느닷없이 내렸다.

내리다 그치기를 반복하던 비는 하교 시간이 되자 짓궂게도 빗줄기가 더 거세졌다. 대부분 아이들은 우산을 챙겨오지 않았다. 출입구마다 비가 그치기를 바라는 아이들로 북새통이었다. 비가 잦아들자 몇몇 아이들은 '이때다' 싶었는지 튕기듯 달려 나갔다. 나 역시 간절한 마음으로 하늘을 올려다보았다. 그런데 한 아이가 나에게 다가왔다.

"선생님, 우산 있으세요?"

오늘처럼 갑자기 비가 오는 날을 위해 모아놓은 10여 개의 우산은 이미 동이 났다. 갑자기 날이 궂어지면 아이들에게 우산을 빌려주었는데, 몇 개 되지 않다보니 운이 좋은 아이들만 혜택을 받을 수 있었다.

비 오는 날 간절한 마음으로 우산을 찾던 아이들과 맺은 인연은 소중한 소통의 통로가 될 때가 있다. 우산 이상의 의미로 나와 아이들은 가까워지는 것이다. 고마운 마음이 싹트고 우산을 돌려받는 과정에서 감사의 정과 믿음의 관계가 만들어지기도 한다.

어느 날 하교 시간이 한참 지났는데 한 아이가 홀로 비를 맞으며 교문을 막 나서다 나와 마주쳤다. 나는 외출했다가 학교로 들어가는 길이었고, 아이는 집으로 가는 길이었다. 세찬 비는 아니었다. 그런데 뭔가 사연이라도 있는 것처럼 아이는 뛰지도 않았다. 친구와 마음 상한 일이라도 있었던 것일까? 처음 보는 아이였지만 나의 마음은 이런저런 염려로 어두워졌다.

"얘야, 왜 비를 맞고 가니? 선생님이 우산 빌려줄게. 가지고 갈래?"

아이는 내가 예상했던 것과는 달리 의외로 빠르게 대답해주었다.

"예."

짧은 한마디와 함께 약간의 미소로 반가운 표정까지 지었다.

"몇 학년이지?"

"1학년요."

나는 들고 있던 우산을 넘겨주었다.

"우산 잘 쓰고 내일 반납해야 한다. 그래야 다른 친구들도 쓸 수 있으니까!"

"예."

'고맙습니다.'라는 말은 하지 않았지만 몸이 작고 가냘 파 보인 아이는 밝고 하얀 얼굴을 하고 있었다. 아이에 대해 묻고 싶었지만 내일 보리라 생각하며 손 인사만 나누고 헤어졌다. 나는 조금이라도 비를 덜 맞으려고 교무실로 뛰어 들어갔다. 왜 홀로 비를 맞으며 느린 걸음으로 학교를 나서고 있었는지 궁금했지만 내일로 미루고 궁금증을 삭혔다.

다음 날 내 손을 떠났던 우산들은 속속 내 품으로 돌아왔다. 내가 자리를 비웠을 때 우산만 살짝 두고 간 아이들도 있지만 곱게 접은 우산과 쪽지까지 얹어놓고 간 아이들도 많았다. 마음과 마음을 이어주는 따뜻한 쪽지다. 정성스럽게 꾹꾹 눌러 쓴 감사의 글귀는 나의 마음까지 밝게 해주는 선물이다. 우산을 빌려준 보상치고는 너무 컸다.

아이들은 감사할 줄 아는 마음을 알고 있었고 돌려주어야 한다는 약속의 의무도 지켰다. 교사의 행동이 다양하고 많아질수록 아이들의 감성도 더 커질 수 있다는 생각을 다시 한 번 했다. 내가 자리에 있을 때는 우산을 가지고 온 아이들과는 짧은 대화도 한다.

"선생님, 진짜 감사했습니다."

"네가 누군지 몰랐는데 우산 때문에 알게 되었구나. 예의도 있고 약속도 잘 지켰네."

"고맙습니다."

짤막한 대화지만 아이들은 칭찬을 고맙게 받아들이고 참 좋아한다. 우산을 빌려주면서 인연을 맺게 된 아이들 중에는 선생님과 가까워졌다고 느꼈는지 간혹 상담을 하러 오기도 한다. 빗속에서 피어난 인연이었기에 남다른 생각이 들었던 모양이다.

그런데 여리게 보였던 1학년 학생은 오질 않았다. 혹시나 하고 다음 날도 기다려보았지만 끝내 모습을 드러내지 않았다. 찾으려면 찾을 수야 있겠지만 일부러 찾지는 않았다.

시간이 지났다. 겨울비가 내리는 어느 날이었다. 겨울을 재촉하는지 비가 진눈깨비로 변하고 있었다. 바람까지 세찼다. 스산하게 내리는 진눈깨비는 차고 습해 겨울옷 차림을 단단히 하지 못한 나는 춥고 쓸쓸한 기분마저 들었다. 갑작스런 일기 변화로 아이들은 또 다시 우왕좌왕한다. 예상하지 못한 날씨에 한 아이가 나에게 달려오더니 다짜고짜,

"선생님, 우산 빌려줄 수 있어요?"

"내가 우산 있는지 어떻게 알았니?"

"선생님을 뵈는 순간 왠지 느낌이 들었어요."

"너 대단한 능력을 가졌구나."

"제가 좀 그래요."

아이들과 대화는 싱그럽다. 기분 좋아질 때가 많다. 그런데 남아 있는 우산은 상태가 썩 좋지 않았다. 이미 아이들이 우산을 빌려간 뒤라 조금 찢어진 우산 한 개만 남아 있었다. 미안한 생각이 들었다.

"이거 조금 찢어졌는데 괜찮겠니?"

"괜찮습니다."

소탈하고 씩씩한 여학생이었다.

"얘야! 찢어졌으니 꼭 반납할 필요는 없겠다."

"아닙니다. 월요일에 꼭 가져다 드리겠습니다."

깍듯하게 예의까지 갖추는 3학년 아이였다.

휴일이 지나고 월요일 아침, 나는 아이들에게 우산을 빌려줬다는 사실을 까맣게 잊고 있었다. 그런데 뜻밖에 찢어진 우산이 단정하게 접혀 있었고 메모지 한 장이 책상 위에 함께 놓여 있었다. 짧은 글이지만 정성스럽게 쓴 글씨가 눈에 들어왔다.

주명섭 선생님
금요일 비 오는 날 우선 빌려주셔서 감사합니다.
ㅠㅠㅠ♡
선생님 덕분에 비 안 맞고
무사히 집에 도착할 수 있었어요
좋은 하루 보내세요. 감사합니다. ♡
3-2 이예나 드림

누군가에게 이러한 마음을 전달받는다면 행복할 것이다. 사람과 사람 사이에서 느껴지는 교감과 소통은 즐거워지고 여유로움은 덤으로 생긴다. 아이들의 변화를 이끌어내는 최상의 대화도 이런 감정에서 극대화되고, 신뢰를 쌓아가는 소통도 한걸음 더 나아갈 수 있게 된다.

이처럼 달콤한 분위기에 빠져 있을 때 잊고 있었던 사실 하나가 떠올랐다. 현서에게 빌려준 우산이었다. 그런데 현서는 아직까지 나타나지 않았다. 조금 늦나 싶어 오전까지 기다렸지만 끝내 모습을 보이지 않았다. '예나'보다 먼저 빌려준 우산이기에 상태도 아주 좋은 것이었다. 오전까지 기다렸다가 오후에 나는 현서를 일부러 불렀다.

"현서야, 내가 왜 불렀는지 알고 있니?"

하지만 현서는 여전히 깨닫지 못하고 있었다. 토요일과 일요일이 지나면서 나에게 빌려간 우산은 현서의 머릿속에서 깨끗이 잊혔다.

"현서야, 잘 생각해봐. 네가 기억해내면 좋겠는데."

한참 만에 머리를 긁적거리면서,

"아, 우산요!"

"그래, 사실 나도 잊고 있었는데 이 우산과 쪽지를 보고 생각났다."

나는 예나가 빌려갔던 찢어진 우산과 편지를 보여주었다. 현서가 미안했는지 멋쩍은 미소를 지었다.

"현서야, 이 우산과 편지를 봐라. 예나가 우산을 빌려갔지만 오히려 나는 예나에게 고마운 마음이 들었다. 그리고 믿음도 생겨났다. 바로 이러한 약속과 감사할 줄 아는 마음의 표현이 사회생활에서나 친구관계에서나 공부보다도 더 중요하다고 생각한다. 현서 너도 이런 것은 꼭 배웠으면 좋겠다."

현서는 미안해 어쩔 줄 몰라 했다.

"선생님, 내일 우산을 꼭 가져다 드리겠습니다."

현서는 돌아가기 전 예나의 행동을 보고서 성찰의 모

멘텀을 얻은 것 같았다. 현서의 긍정적인 화답에 나도 마음이 가벼워졌다. 고마운 마음이 들어 현서에게 악수를 청하고 가볍게 어깨를 토닥거린 후 돌려보냈다.

그런데 다음 날인 화요일은 3학년 현장체험 학습 날이기에 학교로 등교하지 않는다. 그것을 깜박했다. 그러니 내일이라고 약속은 했지만 '내일'은 '모레'인 수요일이었다. 충분한 공감과 교감을 갖고 헤어졌기에 수요일 약속은 지켜질 것이라 기대했다.

수요일 아침, 눈이 조금 내렸지만 기온이 급강하하는 바람에 도로의 일부는 얼어 있었다. 적은 양의 눈이기에 아스팔트 민낯도 듬성듬성 드러나 있어 운전하는 데 어려움은 없었다. 하지만 노면 상태 때문에 조심스럽게 운전해야 했다. 나는 교무실에 들어서자마자 현서가 다녀가지 않았을까 책상부터 살폈다. 하지만 다녀간 흔적이 없었다. 곧바로 15분여 학년회의에 다녀와서 다시 책상을 살폈다.

그런데 우산은 없고 포스트잇 두 장이 가지런히 붙어 있었다. 내 책상에 있던 자동차 모양의 포스트잇을 사용한 것으로 보아 미리 써온 것은 아니었고 나를 보러왔다가 즉흥적으로 써놓고 간 것으로 보였다. 우산 대신

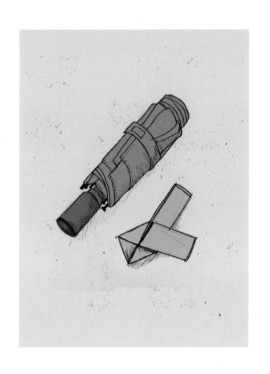

쪽지만 있었다. 하지만 현서가 써놓고 간 글의 내용은 나의 마음을 뒤흔들었다. 짧은 시간에 쓴 글일 텐데 문구는 감동적이었다. 죄송하다는 현서의 마음도 고스란히 담겨 있었다.

'선생님 약속한 수요일이지만
저는 오늘도 선생님과의 신뢰를 깨버리게 됐습니다.
우산 빌려주신 거는 꼭 내일까지 가져다드리겠습니다.
금요일에는 비였는데 밖에는 하얀 눈이 조금 쌓였습니다.'
- 첫 번째 포스트잇

'아침에 차를 가지고 출근하시는 선생님을 생각했습니다.
미끄러지시지는 않을까 걱정이 듭니다.
하얗게 내린 눈을 보고 그 순수함과 신뢰감을 유지하고 싶었지만
정말 죄송합니다.
우산은 꼭 내일 아침에 자리 위에 두고 가도록 하겠습니다.

선생님과의 신뢰를 깨서 죄송합니다.'

표현서 올림

- 두 번째 포스트잇

현서는 현장학습을 거치면서 또 다시 우산을 가져오는 것을 까맣게 잊고 말았다. 수요일 학교에 도착하고서야 '아차' 우산이 생각난 것이다. 그리고 무작정 나에게 달려와 죄송한 마음을 전하려 했지만 내가 자리에 없자 진솔한 마음으로 글을 남긴 것이다.

나는 편지를 읽고 또 읽었다. 읽을수록 현서의 마음이 오롯이 전달되었다. 울컥하게 만드는 울림도 있었다. 현서는 신뢰를 깬 것이 아니라 지금부터 신뢰를 쌓아가려는 노력을 시작한 것이다. 현서는 지금까지 깊이 있게 생각하지 못했던 약속과 신뢰에 대해 진지하게 고민하고 부끄러움도 알아가고 있었다. 남학생의 글이지만 예민한 감수성과 서정성까지 느낄 수 있는 내용이었다.

나는 이 사연을 가지고 수업시간에 '약속과 신뢰'에 대한 훈화 자료로 활용하였다. 여학생 반에서 첫 번째 포스트잇을 읽어주자 여기저기서 작은 탄성이 들렸다. 신이 난 내가, '자, 이제부터 문학적이고 감성적인 두 번째

포스트잇' 글이 나온다고 운을 떼자, 하늘이가 한마디
했다.

"선생님, 지금도 충분히 문학적이에요."

두 번째 글까지 읽어주자 아이들은 공감과 감동의 마
음을 박수로 나타냈다. 아이들의 박수에 나는 또 한 번
마음이 울컥했다.

나는 다시 현서를 불렀고 포옹으로 맞이했다. 그리고
칭찬을 아끼지 않았다. 현서는 함박웃음을 지었다. 자신
을 믿어주고 칭찬을 받으니 자존감이 높아진 것 같았다.
그리고 한 가지 질문을 던졌다.

"현서야, 너의 쪽지는 감동이었다. 나만 그런 것이 아
니라 다른 반 친구들과 여학생들도 함께 느낀 일이다."

현서는 기분이 좋아진 듯 표정이 더 밝아졌다.

"현서야, 너의 표현은 남학생으로서도 놀라웠고 서정
적인 표현은 더 놀라웠다. 독서를 많이 하니?"

"제가 중학교에 와서는 방황했지만 그래도 초등학교 6
학년까지는 일기를 썼습니다."

이 한마디는 그동안 현서의 알쏭달쏭했던 모습들을
이해하는 열쇠가 되었다. 현서는 공부에 대한 관심은 덜
했지만 음악을 좋아해 밴드부에서 활동하고 있었다. 현

서의 가슴에 이런 정서가 있을 것이라는 생각을 못했던 터라, 놀라움과 감동은 더 컸다. 현서는 일기를 쓰면서 성찰의 시간을 6년간 가졌던 것이다. 그 시간만큼 현서는 사물을 주목하고 관찰하는 힘을 키울 수 있었다.

작가 한비야의 말이 생각났다.

"9권의 책은 모두 일기장이 바탕이 됐다."

"일기를 쓰지 않았다면 나는 지금과는 크게 다른 삶을 살고 있을 거고, 그 삶은 지금처럼 다채롭지도 '도전과 응전'으로 흥미진진하지도 않았을 거다. 일기장이 아니라면 난 단 1권의 책도 쓸 수 없었을 거다."

"일기장이 기록의 기능만 있다면 내가 이렇게까지 열심히 권하겠는가? 많은 심리학자는 일기 쓰기의 치유 기능도 대단하다고 말한다."

"일기장에다 실컷 투덜거리고 어리광 부리고 미운 사람은 마음껏 욕하면 되니까. 이렇게 한풀이하듯, 고자질하듯 한바탕 쓰고 나면 거짓말처럼 속이 시원하

고 정신도 맑아지면서 기분이 확 좋아질 거다. 이게
바로 '자가 힐링'이다."

한비야의 말에 공감 또 공감한다. 나의 글쓰기 역사는
지극히 짧지만 나 역시 글을 쓰게 되면서 경험했던 일이
다. 전율이 느껴지는 체험을 한 것이다.

나는 빌려준 우산을 통해서 얻는 것이 많았다. 얻은
내용을 글로 정리하는 이 순간은 힐링이 되는 순간이다.
글은 확신을 심어준다. 통찰력과 창의력을 키워주는 원
동력이 된다. 표현력과 이해력까지 높여주는 역할까지
해준다. 빌려준 우산에 약속과 신뢰가 있었다는 깨달음
도 이 글을 쓰면서 더욱 깊이 느낀다. 시간을 흘려 보내
는 것과 시간을 나의 것으로 만드는 것은 너무나 다르
다. 약속과 신뢰감은 함께 움직이는 것이다.

송립의 행복 이야기

똑같은 일을 모두가 열심히 하면 그 일 자체를
뛰어나게 잘하는 아이의 탄생이 가능하다. 하지만
다르게 잘하는 뛰어난 아이의 탄생은 어렵게 된다.
우리는 이제 같은 것을 잘 만드는 것이 아니라 다르게
더 나은 것을 만들어내야 하는 시대에 살고 있다.

대부분의 아이들은 같은 길을 걷고 있다. 사유와 행동 패턴이 비슷하다는 것이다. 하지만 그것을 잘 알고 있지는 못하다. 잘 알아차리지 못하는 것이다.

학교에 오면 오늘의 급식 메뉴를 알려주는 아이에게 미소로 고마움과 친근감을 전한다. 좋아하는 연예인을 소재로 이야기꽃을 피우며 진한 공감도 함께 한다. 교과 수업시간이 되면 눈을 반짝이며 열중하는 태도도 보여준다. 그리고 이해하고 있다는 눈빛도 나에게 보내준다. 이해를 했으면 시험을 잘 치를 것이라는 생각을 하게 된다. 이것이 학습을 하는 이유라고 생각한다. 쉬는 시간이나 점심시간 자투리 시간에 학원 숙제를 하느라 정신이 팔린 아이들도 많다. 주로 수학 문제지를 자동으로 펼쳐든다. 휴대폰이 허용되는 하교시간이 되면 너도나도 휴대폰을 확인하느라 바쁘다. 그리고 각자 학원과 집으로 돌아간다.

비슷한 길을 걷고 있는 아이들의 일상적인 모습들이다. 같은 틀 속에서 같은 패턴으로 열심히 살고 있는 아이들이다. 그러다 보니 같은 생각을 하는 아이들이 많다. 비슷한 행동과 사유하는 경향이 크게 다르지 않은 것이다. 같은 길을 요구하는 교육환경이 한몫하고 있다. 스스로 생각하고 질문을 만들어 내고 답을 찾기보다는 가르쳐주는 지식의 양과 이해에 집중하고 있다.

교육 과정이나 생활 속에서 아이들의 'input'이 거의 같으니 'output'도 크게 다르지 않다. 학년 초 모 대학교로 학급 구성원 전체가 진로 탐색을 하러 갔다. 강의를 듣고 학과를 탐방하였다. 견학을 한 후에는 각자 소감문을 써야 했다. 그리고 또 얼마 후에는 스티븐 스필버그 감독의 영화 〈AI〉(2001)를 보고서 감상문을 쓰는 시간이 있었다.

소감문과 감상문을 제출한 아이들의 글을 보면서 분명하게 느낀 점이 있었다. 글의 내용과 형식이 크게 다르지 않았다는 점이다. 그 내용의 깊이도 크게 다르지 않았다. 우수작을 뽑아야 하는데 심사는 오히려 수월했다. 대동소이한 글이기에 조금 낫게 쓴 아이의 글을 쉽게 구별할 수 있었다.

이제 아이들에게 지식 전달보다는 잠재적 능력과 창의력을 길러주는 역할이 책무가 된 시대가 되었다. 질문이 나오는 수업을 구성하고 학급의 문제도 스스로 토의하고 결정하도록 하는 일부터 시작해야 했다. 처음은 서툴렀다. 하지만 시작은 다 그러했다.

'스스로 결정하고 스스로 움직이는' 학급자치 운영에서 문제 해결능력이 길러졌다. 가르치는 것보다 스스로 해보게 하는 것은 답답해 보인다. 하지만 그것이 주체적인 삶을 살게 해주는 것이고 즐거워하는 일이 되었다.

학급 자치 운영이나 다른 사유를 하게 만드는 기초나 방법은 따로 있었다. 그것은 다름 아닌 독서였다. 감상문이나 체험학습 후기를 보고서 조금 나은 생각을 표현한 아이들은 어떤 과정의 길을 걸어왔을까? 궁금했다. 그들에겐 독서를 한 아이들이란 공통점이 있었다. 일상적인 서로 비슷한 삶이었지만 독서라는 다른 'input'이 있었다.

독서를 한 아이들은 다른 관점에서 접근하려 하였고 여유가 있었다. 이제는 4차 산업혁명 사회로 모드가 바뀌고 있다. 과거에 진행되었던 신석기 혁명, 산업 혁명, 정보통신 혁명은 세월이 지난 다음에나 혁명의 정의가 내려졌지만, 4차 산업혁명은 개념과 정의가 내려지면서 진행되고 있다. 그중 하나가 융합이다. 융합을 위해서는 협업이 중요하다. 협업에서 아이디어가 풍부한 아이는 질문을 잘하는 아이였고 독서에서 힘을 보충받고 있었다.

모든 아이들은 지금 똑같은 일을 열심히 하고 있다. 열심히 공부해서 성적을 올리는 일에 몰입하고 있다. 다르게 공부하려는 시도나 환경은 너무나 부족하다. 그렇다면 창의성 발현의 개인적인 시작은 독서에서 찾을 수 있고 그것이 가장 쉬운 방법이기도 하다.

똑같은 일을 모두가 열심히 하면 그 일 자체를 뛰어나게 잘하는 아이의 탄생이 가능하다. 하지만 다르게 잘하는 뛰어난 아이의 탄생은 어렵게 된다. 우리는 이제 같은 것을 잘 만드는 것이 아니라 다르게 더 나은 것을 만들어내야 하는 시대에 살고 있다. 창의력의 가치가 어느

때보다 더 커지고 있다. 전력 소비가 적고 더 밝은 형광등만 고집했다면 최고의 형광등을 만들어낼 수 있었을 것이다. 하지만 LED 전등은 탄생하지 않았을 것이다.

같은 것도 다르게 보려는 자극이 강한 아이들은 독서를 하는 아이들 중에 있었다. 줄줄 읽어 내려가는 지식 쌓기의 독서가 아니라 질문을 하면서 독서를 하는 아이들일수록 다름의 진폭은 컸다.

독서를 많이 한 송립이라는 아이는 제자 중에 그 특별함이 드러나는 아이 중 한 명이다. 누구나 흔히 다니는 학원의 도움을 받은 적이 없는 아이였기에 더욱 그랬다. 학원을 다니지 않았다면 무엇이 영향을 미쳤을까? 학원을 대체할 수 있는 환경이 어릴 때부터 있었다. TV를 보지 않았지만 또래 아이들하고는 누구보다 소통을 잘하는 아이였다.

독서의 생활은 다양한 사고의 바탕을 키우는 일이었다. 다양한 사고력은 다른 아이들을 매혹시키는 향기로 드러났다. 그것을 가능하게 한 것은 독서환경이었다. 서울국제고에 입학한 이 아이가 궁금하여 중학교 3학년 때 이 아이의 자라온 이력을 받아 보았다.

나는 친구들과는 약간 다른 환경에서 자랐다. 우리 집에는 내가 태어나서 지금까지 TV가 거실을 차지한 적이 없었다. 부모님의 교육 방침이었다. 대부분의 집에 가면 TV가 거실 한가운데를 차지하고 있지만 우리 거실은 TV 대신 책으로 가득 찼고 책장들이 거실 벽을 대신하였다.

나는 책과 함께 자랐다. 글자를 읽기 시작했을 때부터 많은 책을 읽었다. 친구들이 TV를 보고 있을 때 나는 책을 본 것이다. 초등학교 1학년 때는 1주일에 3~4권 이상의 책을 읽었을 정도로 책을 가까이 했다. 그렇게 해서 작성된 1,000여 권의 독서 목록이 생겼다. 많이 읽다보니 부모님께서 사주신 고전명작 시리즈를 초등학교 때 읽기 시작했는데 책을 가까이 했던 탓인지 그다지 어렵게 느꼈던 기억은 나지 않는다.

책은 나의 가장 친한 친구가 되었다. 나를 왕자로도 만들어주고 거지가 되게도 하며 때론 기러기가 되기도 하고 나비로 만들어주며 내가 심심할 때마다 놀아주었다. 어렸을 때는 재미있어 보이고 내가 좋아하는 작가의 책들을 많이 읽었다. 그때까지만 해도 독서는 내게 흥미 이상의 것을 주지 못하였고, 단지 다

읽고 '와~ 재미있다!'라고 느끼는 것이 전부였다.

그러나 커가면서 책이 단지 재미로만 읽는 것이 아니라는 것을 깨닫게 되었다. 책 속에서 보물을 발견하게 되었다. 이금이 작가의 『너도 하늘말나리야』를 예로 들어보면, 초등학교 때는 '바우가 이제 소희를 누나라고 하지 않네. 미르가 불쌍하다. 소희가 대단하네.'하며 끝났던 것이 고학년이 되어서 다시 읽어보니, '바우가 이런 자신을 치유해가고 있었던 거였구나. 미르는 이런 아픔을 겪고 이겨내는 중이었네. 어른 같아보이던 소희에게 남모를 상처가 있구나.' 생각하며 내용을 곱씹어보기 시작했다. 그것을 시작으로 책은 나에게 완전히 다른 존재가 되었다.

책장에서 움직이지 않고 정적으로만 느껴졌던 책이 나에게 살아 움직이는 친구가 된 것이다. 재미로 끝나는 것이 아니라 내가 슬플 때, 기쁠 때, 외로울 때, 힘들 때 나와 같이 슬퍼해주고 기뻐해주며 위로해주었다. 책은 나와 여가생활만 같이 한 것이 아니었다. 책은 자연스레 내 생활에도 영향을 주었다.

책은 나의 독해력을 길러주었다. 나는 다른 사람에 비해 책 읽는 속도가 빠르다. 처음에는 몰랐는데 친구들과 같이 책을 읽다보니 친구들이 중간쯤 읽고 있었을 때 나는 벌써 다 읽고 다른 책을 읽곤 했다. 한 번은 친구들이 안 읽고 빨리 넘긴 것 아니냐고 의심하여 책 내용을 꼬치꼬치 물어봐서 대답을 했던 적도 있다. 처음 이 사실을 알고는 다른 친구들에 비해 적은 시간에 더 많은 책을 읽을 수 있다고 생각해서 마냥 좋아하기만 했는데 그것만 좋은 것이 아니었다. 중학교 올라와서 확실히 알게 된 것이지만 공부할 때도 시간 절약이 대단히 많이 되었다. 친구들이 교과서 한 번 읽을 때 난 한 번 하고도 반 정도를 더 읽을 수 있었고, 시험 볼 때 긴 지문이 나와도 금방 풀고 넘어갈 수 있었다(나중에 들은 것이지만 애들은 너무 길어서 끝까지 읽지 않고 어림잡아 풀었다고 한다).

후에 어느 국어 선생님과 말씀을 나눠본 결과, 선생님께서 내가 책을 통해 독해 실력을 기른 것 같다고 하셨다. 어렸을 때부터 책을 많이 읽다보니 중심 내용을 빨리 파악할 수 있게 되었고 이해도 잘할 수 있게 된 것이라고 하시며 앞으로 내게 큰 무기가 될 것이라고 말씀해주셨다.

책을 읽으면서 난 여러 관점에서 사물을 바라볼 수

있는 법을 배웠다. 같은 사과를 보고서도 사람마다 각기 다르게 표현할 수 있는 것처럼, 관점이라는 것은 매우 중요하게 느껴졌다. 나는 한 가지 책을 읽고 나서 그것에 관련된 다른 책들도 읽게 되었다. 그렇다보니 한 가지의 주제를 다양한 면에서 바라볼 수 있게 되었다. 이 부분은 친구 관계에서도 적용이 되었다. 친구를 더 잘 이해할 수 있는 마음의 여유가 생기니 포용할 수 있게 된 것이다. 다른 친구들이 A를 욕하고 비난할 때 난 다른 시각으로 A를 이해하는 마음을 가질 수 있었다. 친구들의 관점에서는 이해할 수 없고 받아들이기 힘들지만 친구들과는 또다른 눈으로 바라보며 감싸줄 수 있었던 것이다.

마지막으로 나는 책 안에서 수많은 간접 경험을 해보았다. 한 나라를 다스리기도 해보고, 표류도 해보고, 선생님이 되기도 하였다. 고아가 되어 이리저리 떠돌기도 하고, 미혼모가 되어 세상의 눈총을 받기도 했고, 억울한 일을 당하여 감옥에 갇히기도 했다. 이러한 경험은 나에게 여행 이상의 것을 선사해주었다. 작가의 생각에 플러스로 나의 생각까지 더해지니 깊이가 더 깊어지는 것이다.

나는 친구들과 사이가 좋다. 반 안에서도 집단을 나눠 어울리는 요즘에 나는 반의 모든 아이들과 다 친하게 지내려고 한다. 나에게 아프고 힘든 일로 상담을 하러 오는 친구들도 있었고 조언을 구하는 친구도 있었다. 사실 어떻게 보면 난 별로 친구와 친해질 수가 없다. 평상시에 친구들과 놀러 다니거나 시험이 끝났다고 친구들과 놀러가는 것도 드물고, TV를 보지 않아 친구와의 수다에 가장 큰 주제가 되는 연예인 얘기와도 공감대가 거의 없다. 이렇게만 보면 딱 왕따 생활을 하는 것 같다. 놀러 다니지도 않고 주로 책만 보고……. 그래도 내게 정말 많은 친구들이 있고 친구들과 좋은 관계를 유지할 수 있었던 것은 밝은 성격도 있겠지만 책 덕분이라고 자신 있게 말할 수 있다.

친구와 같이 자주 놀러 다니지는 않지만 공감을 하고 대화도 빠지지 않는다. 나와 이야기하러 오는 친구들은 상처도 있고 아픔도 있다.

내가 마냥 밝고 행복하게 보일지 모르지만 대부분의 사람들에게 하나의 상처가 있듯이 나도 예외는 아니다. 나 또한 어렸을 때 정말 힘들었던 시간이 있었지만 지금은 그 상처를 잘 치료하고 밝게 웃음 지으며 지내는 것이다. 아픔이 있었기에 지금 더 강해졌는지도 모른다. 그래서 힘든 친구들이 오면 내 이야기를 해주며 위로를 해줄 수 있었다.

책을 읽으면 내가 겪지 못했던 힘든 일들을 간접적으로 겪을 수 있다. 친구의 삶은 내가 겪어보지는 못했지만 책 속의 경험들을 통해 나는 다양하고 깊이 있는 생각으로 친구들과 공감하고 소통할 수 있는 마음을 얻었다.

많은 친구들은 책이 싫다고 한다. 그러나 책을 진정으로 알게 된다면 긍정의 다른 말을 하게 될 것이다. 내가 알지 못했을 때는 관심도 없었지만 알고 난 후 관심은 물론 좋아지기까지 했던 일들을 생각해 보면 쉽게 이해가 간다. 책도 마찬가지이다. 간혹 친구들에게 자신에게 좋아할 만한 책을 소개하게 되면서 책과 가까워지는 친구도 본다. 책을 통해 얻게 되는 것은 상상 이상이다. 처음에는 보이지 않지만 책을 통해 얻게 된 작은 것들이 나중에 쌓이고 쌓여 큰 빛을 보게 될 것이라고 난 믿는다. 책 속에 담겨 있는 이러한 기쁨과 비밀을 알게 되어 많은 친구들이 독서를 통해 자기 자신을 아름답게 가꾸어 나갔으면 좋겠다.

 립이는 학원에 가보지 않았다. 대신 책을 가까이하는 것이 습관이 되었고, 독서를 통해 세상을 넓고 깊게 다양하게 그리고 친근하게 보는 눈과 마음을 가지게 되었다. 자기 주도적 학습을 가능하게 해준 것도 독서였다. 자기 주도적 학습은 내가 하고 싶다고 선언해서 되는 것이 아니다. 습관과 능력이 그 바탕이 되어야 한다.

 립이는 독서를 통해 그 힘을 만들었다. 스스로 생각하는 힘이 있어야 자기 주도적 학습이 가능한데 독서를 하면서 스스로 키워나갈 수 있었던 것이다. 수업시간에 교사의 설명을 다른 아이보다 더 빨리 이해하고 판단하는 능력도 자연스럽게 길러졌다.

 세영이라는 아이는 나에게 털어놓았다. 립이 덕분에 자기 자신을 찾을 수 있었다면서 립에게 고마움을 표시했다. 우리 반 학생은 아니었지만 나와 상담을 한 세영이는 눈물까지 글썽거렸다. 가정환경도 여러 가지로 무척 힘들었고 학교에서는 친구들이 없어서 힘들게 생활한 아이였다. 왕따를 당하지는 않았지만 스스로 왕따가 된 느낌을 털어놓으며 눈물까지 보였다. 그러면서 립이는 절이라도 하고 싶은 친구라고 했다.

조선 전기 '독서왕'이라 불릴 만한 세종의 아버지 태종은 무인으로 더 잘 알려져 있지만 문과에도 급제한 지식인이었다. 태종은 나라를 다스리는 방법을 알고 있었다. 그에게 '나라를 세우는 것은 말 위에서 하지만 나라를 다스리는 것은 독서를 통해 하는 것'이라는 사실을 알게 한 것은 바로 독서에서 나온 힘이었다. 조선의 기초를 태종이 튼튼히 닦았기에 세종도 존재할 수 있었다. 그 바탕 위에서 세종은 전 방위적으로 조선의 국격을 끌어올렸다. 독서가 아니었다면 불가능했을 것이다.

조선 후기 또 한 명의 독서왕이었던 정조 역시 독서의 힘으로 조선을 부흥기로 이끌었다. 죽여도 될 정적을 죽이지 않고 품을 수 있게 만든 것은 독서를 통한 여유와 통찰력이었다. 세종과 정조는 지식만의 독서가 아니라 수양의 독서를 하였고 민본 정신을 실질적으로 실천한 왕들이다. 지식과 지혜가 미천하면, 입으로는 그것을 떠들 수 있지만 실천가가 되기는 어렵다. 시경(詩經)을 읽고서 질문 800개를 만든 정조의 책읽기는 독서를 어떻게 해야 하는지 방법까지 알려준다.

오늘날 선거 때만 되면 정치인들은 전통시장으로 달려가 어묵과 국밥을 먹으면서 서민 지도자를 가장하고 있다. 하지만 막상 지도자가 되면 실천하지 못하는 위정자가 훨씬 많다. 수양의 독서를 하지 않았기 때문이다. 수양이 되지 않은 자와 준비가 덜 된 자는 떠들어댈 수는 있다. 하지만 배운 내용을 정교하게 실천하기란 어려운 법이다.

6두품이라는 신분적 한계로 관직에서도 차별을 받았던 신라 시대의 천재적 관료 최치원이 말한 '인백기천'(人百己千)의 독서법, 세종이 실천한 '백독백습'(百讀百習)의 독서법, 정약용의 '삼박자' 독서법을 보면, 이들이 추구한 공통점과 목표는 크게 다르지 않다. 그들은 독서를, 읽는 것에 그치고 않고 체화의 과정을 쌓아가는 일이고 실천으로 옮기는 것을 목표처럼 여겼다. 이들이 최고의 지식인이자 뛰어난 정치인으로 이름을 올린 것은 독서를 통해 세상을 잘 볼 수 있었기 때문이었다.

책은 많은 사람들을 이롭게 한다. 그것이 책의 매력이자 존재 이유이기도 하다. 독서는 읽기 위한 것이 아니라 실천하기 위한 것이 되어야 그 의미가 커진다. 그러기 위해서는 체화하는 독서를 해야 한다. 그것은 수양하는 독서이기도 하다. 그 방법을 제시하고 표본이 된 인물이 바로 최치원, 세종, 정조, 정약용이다.

럼이는 그러한 독서를 통해서 행복해진 아이다. 그 아이의 얼굴을 보면 어둠은 없고 봄날 같은 햇살이 따스하게 스며들어 있는 아이 같다. 밝은 미소는 평온하고 친근감으로 가득하다.

시험은 도전이자 악몽

아이들이 힘들 때 믿어주고 칭찬해준다면
긍정적인 응답은 더 세질 수 있다. 점수와
등수의 욕심을 버리지 않으면서
긍정의 위안을 찾기란 쉽지 않다.

시험은 피해갈 수 없는 삶의 과정이라는 것을 아이들은 운명처럼 받아들인다. 하지만 피하고 싶은 마음 또한 간절하다.

시험은 'OO'이다.

이때 아이들의 대답에서 그 차이를 확인할 수 있었다.

시험을 '성장의 발판' 또는 '도전'으로 받아들이는 아이가 있는 반면 '악몽' 또는 '고통'으로 생각하는 아이도 있다. '희망과 절망을 함께 주는 양면의 색종이'라는 절묘한 표현으로 중간치를 드러내는 아이들도 있다.

하지만 시험을 긍정적으로 받아들이는 아이들은 그야 말로 극소수다. 대부분의 아이들에게 시험은 힘들고 스트레스를 받는 과정이다.

아이들에게 시험은 일상에서 맞닥뜨리는 문제 중 가장 큰 난제임이 틀림없다. 스트레스를 전혀 받지 않는 아이는 없다. 다만 더 나은 결과를 기대하면서 희망을 품는 정도에 따라 고통의 질량을 다르게 느낄 뿐이다.

1학기 기말고사를 앞두고 힘들어 보이는 아이들이 눈에 띄게 늘어나고 있었다.

시험이 가까워지면 경민이는 말수가 적어지고 시무룩해진다.

승미는 힘이 드는지 걸음걸이가 늘어지고 어깨도 처지고 몸도 무거워 보인다.

무엇을 그리 골똘히 생각하는지 은빈이는 지나가는 사람과 시선을 잘 맞추지 않는다.

시험공부가 부담이 되면 나타나는 모습들이다.

오늘 아침 어떤 학생이 던진 말이 귓전에 맴돈다.

"선생님, 사는 것이 힘들어요."

지나가는 말투로 푸념처럼 던진 말이다. 인생을 많이 산 사람이 삶에 지친 나머지 뱉은 말이어야 하는데, 아이의 입에서 나온 말이라 충격이 컸다. 시험공부하는 것이 버겁고, 압박감이 컸기 때문일 것이다.

성적이 최상위권인 아이였다. 안쓰러웠다.

내가 무엇으로 어떻게 도와줄 수 있을지 방법이 떠오르지 않았다.

성적을 유지하려고 하니 과정이 힘들고 압박만이 심하게 다가온 모양이다.

체력까지 바닥나니 더욱 힘들어졌다.

시험이 어떤 부담으로 다가오는지 알고 싶었다. 질문을 던졌다. 아이들의 마음이 궁금했다. 그리고 시험에 대한 아이들의 마음을 고스란히 알게 되었다.

- 시험은 나에게 (○○) 이다

•도전이다,

•성장의 흐름이다.

•나의 한계가 어디까지인가 확인하는 것이다.

•내 자신의 그릇을 시험해보는 일이다.

•일찍 끝나는 날이다.

•놀았던 과거에 대한 후폭풍이다.

- 스트레스다, 지옥이다, 악몽이다.
- 고통과 시련이다.
- 오솔길처럼 외로운 시간이다.
- 만나고 싶지 않지만 어쩔 수 없이 만나는 시간이다.

- 시험이 가까워지면서 아이들의 가슴은 어떤 생각들
  로 채워지는 걸까?

너무 힘들다.

마음이 어지럽다.

집중이 안 된다.

불안하고 두려운 마음으로 가득 찬다.

공부는 안 하고 마음만 조급해지고 초조하다.

정신적으로 불안하고 소화불량에 설사까지 한다.

떨려서 토할 때도 있다.

배가 아프기 시작한다.

아무 생각이 없어진다.

공부 빼고 오히려 뭐든 재미있어진다.

'시험 못보면 어떡하지?'라는 생각이 자꾸 난다.

- 시험 때 듣고 싶은 말은 무엇일까?

시험 잘봤네.

얘들아 이번 시험은 쉽데.

아들 힘들지! 힘내.

예민하니 그냥 아무 말도 안 해주면 좋겠다.

걱정 말고 최선을 다하면 그것으로 돼.

잘하고 있어. 걱정 마.

이 정도면 넌 잘하는 거야.

힘들 텐데 뭐 먹고 싶은 것 있니?

열심히 했고 수고했어.

노력한 만큼 나왔으니 괜찮다.

공부는 노력하는 과정이니 점수에 얽매이지 마라.

- 시험 때 듣기 싫은 말은 무엇인가?

시험 못봤네.

얘들아, 이번 시험은 어렵대.

시험 못보면 휴대폰 없어.

이번엔 잘 봐라.

(못봤는데) 시험, 잘 봤니?

다음엔 더 열심히 해라.

'공부해라'가 스트레스다.

점수 몇 점 정도 나왔니?

점수가 왜 그러니.

노력했는데 점수가 왜 그래.

매번 왜 제자리 걸음이야.

이제 시험 며칠 남았다.

친구는 잘봤니?

(공부하려고 하는데) 공부 좀 해라.

네 실력이 그 정도지.

최선을 다하긴 했니?

조금만 더 하지 그랬냐, 아쉽다.

중간 정도 할 바에는 그냥 하지 마라.

엄마의 한숨 소리가 안 나왔으면 좋겠다.

　　내용을 보면 아이들에게 시험은 감정을 지배당할 만
큼 큰 난제이다. 감정의 굴곡이 가장 크게 나타나는 때
가 바로 시험 기간이다. 하지만 시험의 아픔을 이기기
위해 아이들은 나름대로 노력을 하고 있었다. 그 심정을

헤아려서 위안이 되는 말을 해줄 수 있다면 긍정적 감정을 싹 틔우는 촉매가 될 수 있었다. 시험공부에 대한 부담을 줄여주는 역할도 있었다. 하지만 듣기 싫은 말은 긍정적 에너지는 약화시키고 짜증과 불쾌한 마음만 키우기 십상이다.

두 유형의 공통점은 부모님들이 똑같이 아이들을 위하고 싶어 한다는 것이다. 하지만 아이들이 느끼는 결과는 너무나 달라졌다. 위로하는 마음과 느끼는 마음, 받아들이는 마음은 다른 것이다. 받아들여줄 때 위로하는 마음의 효과가 있는 것이다. 아이의 마음을 움직여야 변화를 이끌어낼 수 있다. 아이들이 듣고 싶은 말로 시작해야 한다. 긍정이 있어야 물꼬를 틀 수 있는 것이다.

말에 따라서 긍정의 에너지가 만들어지기도 하지만 부정의 에너지가 생성되기도 한다. 그 사실을 알면서 부모님들은 자녀에게 말을 건네는 것일까?

아이들이 힘들 때 믿어주고 칭찬해준다면 긍정적인 응답은 더 세질 수 있다. 점수와 등수의 욕심을 버리지 않으면서 긍정의 위안을 찾기란 쉽지 않다.

★봄기운이 완연해진 토요일이다.

조금이나마 편안한 마음으로 중간고사 대비하길 바란다.

긴장은 줄여라. 지나친 긴장은 소화와 컨디션의 적이 된다.

잠을 충분히 자기 바란다.

불필요한 시간을 줄이면 가능하지 않겠니?

고생하고 있을 3반 아이들을 생각하며 담임 샘이

- 시험 며칠 전

★충분히 열심히 했다. 편안한 잠자리되길 바란다.

내일의 밝은 태양은 우리를 위해 환하게 웃어줄 것이다.

좋은 습관을 기르는 것이 인생의 성공을 가르는 길이기도 하단다.

- 시험 전날

★첫날 시험을 치르니 기쁨과 슬픔이 함께 찾아온 것 같다.

실수는 잊어버려라.

가능한 빨리 잊어야 새로운 것으로 채울 수 있단다.

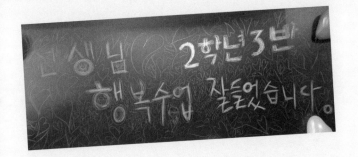

내일 다시 희망을 실어보기 바란다.

- 시험 첫날

★시작이 있으니 끝도 있구나.

내일은 시험 마지막 날이다.

오늘만큼은 젖 먹던 힘까지 써보면 어떨까?

달콤한 열매의 의미는 최선을 다했을 때 진하게 느낀
단다.

2학년 3반 파이팅!

- 시험 마지막 날을 앞두고

　시험이라는 어려운 난제를 두고 시름하고 있을 학급
아이들을 생각하며 문자를 보냈다. 메아리처럼 돌아온
아이들의 답신은 공감의 행복을 느끼게 해주었다. 나의
글을 다른 반 아이들과 공유하며 자랑하는 아이도 있었
다. 별다른 내용은 아니지만 자신의 심정을 헤아려주고
격려받는다는 점에서 위안을 느끼는 것 같았다.

　드디어 마지막 시험을 끝내고 종례 시간이 되었다. 아
이들은 각자 시험의 회포를 풀 계획들을 가지고 있었다.
시험이 끝난 후 종례 시간, 아이들의 표정은 밝고 평화로

워 보였다. 긴장감과 중압감도 표정에서 사라졌다.

"얘들아, '시험 잘 봤니?'라고는 물어보지 않는 것이 좋겠지."

아이들은 교실이 떠나가라 웃었다. 긴장감에서 해방된 여유로움에서 나오는 큰 웃음이었다.

누구나 겪는 과정이다. 그런 과정을 거치면서 사람은 성장한다. 하지만 성숙도는 그 과정의 내용에 따라 크게 달라진다. 아이들에게 긍정의 에너지가 생성되도록 해주는 것이 소통이다. 그러면 즐거운 삶이 될 것이다.

선생님 저 힘들어요

성적만 좇으려고 하면 많은 것을 잃을 수 있다.
돈을 좇는다고 돈을 쉽게 벌 수 없는 것처럼 말이다.
무엇을 해야 어떻게 접근해야 성적도 올리고
돈도 벌 수 있을지, 그 방법은 상대와 함께 해야
해결책을 찾을 수 있다

3학년 겨울 방학, 성민이는 고등학교 진학을 앞두고 있었다. 상급 학교에서 펼쳐질 새로운 환경과 생활에 대한 설렘이 있었지만 긴장감도 따라붙었다. 성민이는 공부에는 흥미가 없었기 때문에 학습에 대한 부담을 먼저 느꼈다. 추운 겨울방학이지만 성민이는 학교에서 실시하는 방과 후 수업을 들었다. 미리 준비하면 긴장감을 줄일 수 있을 거라고 생각했기 때문이다.

그런데 성민이는 수업 시간 종이 친 후 허겁지겁 들어오는 경우가 많았다. 부모님이 일찍 출근하시기 때문에 나이 터울이 많은, 유치원에 다니는 어린 동생을 챙겨야 하는 남모를 이유가 있었다. 말수가 적은 성민이는 교실에 들어오자마자 주섬주섬 수업 준비를 한 후 가능한 빨리 나를 응시했다. 늦게 들어온 미안한 마음을 조금이라도 밖으로 드러내는 자세였다.

전시 학습 목표에 도달했는지를 평가하는 형성 평가에서 성민이의 결과는 성취 수준에 도달하고 있었다. 그런데 두 번째, 세 번째로 이어진 평가에서는 갈수록 빈칸이 많은 답안지를 제출했다. 허튼 행동을 하는 학생이 아니었기 때문에 무언가 다른 이유가 있을 것이라고 생각했다.

2주간의 짧은 방과 후 수업이 끝나기 하루 전날 성민이는 불쑥 나에게 상담을 요청하였다.

"선생님, 내일 방과 후 수업 끝나고 나서 상담 좀 해주실 수 있으세요?"

자신 없는 목소리였지만 무언가 애절함이 묻어났다. 그렇지 않아도 내가 상담의 손을 내밀려고 했는데 성민이는 나보다 한 발 빨랐다. 표현도 좀처럼 하지 않는 아이가 상담을 요청한 것을 보면 구원의 손길이 절실하게 필요한가보다, 하는 생각이 들었다.

'무슨 일일까?'

궁금했다.

'내가 도울 수 있는 일일까?'

내일까지 기다려야 했다. 마음이 답답해졌다.

아이들이 다 떠난 교실은 텅 비었다. 잔뜩 찌푸린 날씨였다. 가느다란 겨울 햇살이 교실 안으로 비스듬히 들어왔다. 온풍기에서 쏟아내는 탁한 바람이 나의 마음까지 탁하게 만들었다. 창문을 여는 순간, 차가운 겨울바람이 뺨을 강하게 스쳤다.

혹독한 겨울바람 앞에서도 혼신의 힘을 다해 대롱대롱 매달려 있는 나뭇잎 하나가 확 눈에 띄었다. 눈보라를 맞으면서도 용케도 붙어 있었다. 태양마저도 식어버린 듯 차가운 바람만이 나뭇잎을 계속 괴롭히고 있었다. 성민이의 모습이 나뭇잎처럼 느껴졌다. 지나친 걱정일까? 심각한 일이 아니기를 바라면서 내일을 기다렸다.

오늘은 방과 후 수업 마지막 날이다. 오늘도 어제의 날씨와 크게 다르지 않았다. 성민이도 어제와 같은 마음일까? 수업이 끝난 후 성민이가 털어놓았다.

"선생님, 저 힘들어요."

첫마디가 이것이었다. 아침에 동생을 챙기는 것은 그

리 어려운 일이 아닌데 학습에 대한 어머니의 성화가 너무 크다고 했다. 가정에서 흔히 있을 수 있는 일이다. 하지만 성민이가 느끼는 압박감은 다른 아이들보다 컸다. 자신은 학습 능력이 부족한 것 같은데 어머니는 노력이 부족하다고 질책한다고 했다. 방어 능력이 충분하지 않은 성민이는 논리적 반박도 못하고 스트레스를 그대로 받다보니 힘들다는 것이다. 1학년 때까지만 해도 그러려니 했는데 2학년이 되어서는 어머니의 성화가 큰 스트레스가 되었다는 것이다.

'나는 다른 아이들보다 못났나?'

자책까지 했다는 것이다. 그러다 보니 자신감이 더 쪼그라들고 우울할 때도 생긴다고 했다. 공부하는 것도 싫어지고 조금씩 무기력해지는 것 같았다고 했다.

성민이 같은 경우는 의외로 흔하다. 어머니의 자식 사랑이 빚어낸 결과다. 자녀의 능력과 마음에 대한 배려가 부족하고 어머니의 잣대가 강하게 작용하는 것이다.

자신감을 잃으면 더 많은 것을 잃는다. 성적은 물론이고 생활에서도 의기소침해진다. 얼굴에 수심이 가득하거나 어두운 그림자가 드리워져 있는 아이들과 상담을 하면서 느끼게 된 모습이다. 많은 경우, 문제는 가정에서 비롯된다. 사랑을 가장 많이 해야 할 대상인 부모의 자식에 대한 사랑은 아이의 성적으로 모아진다.

부모는 그것이 사랑하는 자녀에 대한 관심이라고 생각한다. 또한 성공을 보장하는 가장 핵심적인 요인이라고 판단한다. 그 결과 아이의 능력과 적성에 대한 고려는 후순위로 밀려나고 성적에 관심이 집중되는 것과 비례해서 아이들은 힘들어한다.

성민이는 어머니의 사랑은 알고 있다고 했다. 다행이었다. 성민이의 무거운 마음을 푸는 데 희망으로 작용할 수 있다는 생각 때문이었다. 어머니의 생각이 우선일 때가 많았지만 대화도 한다고 했다. 하지만 자신의 어려움을 솔직하게, 설득력 있게 어머니에게 말한 적이 없었다고 했다.

성민이는 그냥 사나운 물결에 몸을 맡기듯 휩쓸린 채 생활하고 있었다. 내가 어디로 가고 있는지? 내가 어디로 가야 하는지? 고민한 적이 없었는데 이제 그런 고민이 내면에서 고개를 들기 시작한 것이다.

나는 성민이 자신을 알아보자고 했다. 지금 무엇 때문에 힘든지 항목을 적어보라고 했다. 그것은 좀 더 설득력 있게 어머니와 대화하기 위함이었다. 또한 남을 설득

할 수 있는 논리가 있다면 그것은 살아가는 데 큰 힘이 되어 줄 것으로 믿었기 때문이다.

성민이는 나와 대화를 하면서 어떻게 어머니에게 자신의 생각을 조리 있게 말할 것인지를 알아가고 있었다. 진솔한 마음을 가지고 자신의 힘든 점도 제대로 대응을 못했다. 방어 능력을 갖추지 못한 아이 같았다. 다음 날 성민이는 생기를 되찾은 풀잎 같은 표정을 보이며 나를 찾아왔다.

"선생님 덕분에 좋아졌어요."

어머니가 눈물을 보이며 자신을 안아주었다는 것이다. 아버지는 늦게 오셔서 뵙지 못했는데 아침에 일어나니 아빠가 다가와서 울컥해지는 말을 해주셨단다.

"성민아! 앞으로 아빠가 성민이 말을 존중해줄 테니 힘든 일이 있으면 말해."

어머니로부터 상황을 전해들은 아버지는 그동안 딸 성민이를 충분히 알지 못했다고 생각을 하신 것 같았다. 대화가 부족하면 오해가 생기고 그것이 다른 문제로 터지기도 한다. 성민이의 경우는 부모님의 마음이 열려 있었기에 빨리 치유될 수 있었다. 성민이는 자신감과 자존감을 찾아가는 듯했다. 불과 하루 사이에 몰라보게 달라진 것이다.

성적만 좇으려고 하면 많은 것을 잃을 수 있다. 돈을 좇는다고 돈을 쉽게 벌 수 없는 것처럼 말이다. 무엇을 해야 어떻게 접근해야 성적도 올리고 돈도 벌 수 있을지, 그 방법은 상대와 함께 해야 해결책을 찾을 수 있다. 사랑하는 사람들끼리 배려와 이해로써 머리를 맞대고 대화를 하는 것은 사랑과 행복의 기초가 된다.

성적과 행복의 공통점은 '노력'과 '연습'

중2의 변화는 자연스럽게 받아들여야 할 일이다.
달라지는 것이 아니라 누구나 거쳐야 하는
성장통인 것이다. 그 변화된 모습을 나무라는 것은
비가 내리는 것을 못마땅한 것으로 생각하는 것과 같다.

"진솔한 친구가 없는 것 같아요."

얼마 전 상담을 했던 황은이가 다시 찾아와서 던진
말이다. 학습부장으로서 계획도 세우고 학급에 파급력
과 영향력도 있는 아이였다. 성격도 비교적 밝은 황은이
였기에 순간 멈칫했다.

황은이는 2학년이 된 후 게을러져 의욕이 예전만 못
해졌다고 자조했다. 그리고 친구가 없는 것은 아닌데 터
놓고 이야기할 만한 친구가 없다는 생각이 든다고도 했
다. 그래서 어떨 때는 약간 우울한 기분이 든다고도 했

다. 친구는 있지만 혼자라는 기분이 들고 그래서 우울한 마음이 지배할 때가 곧잘 나타나는 아이였다.

황은이는 걱정이 별로 없어 보이는 아이였다. 가정에서는 부모님과 대화도 많이 하는 편이라며 그것을 자랑스러워하는 아이였다. 그랬던 황은이가 왜 이런 감정에 빠지게 되었을까?

중학교 2학년이 될 때쯤이면 신체적으로 급격하게 변하는 것은 물론 정서적인 감정 변화도 심해진다. 흔히 말하는 '중2병'을 앓게 되기 때문이다. 과학자들은 이러한 변화를 뇌의 전전두엽의 발달 과정에서 기인하는 것으로 진단하기도 한다.

황은이도 신체 변화와 함께, 별 생각 없이 지나쳤던 친구들과의 미세한 감정들을 새삼 가치 있게 느끼기 시작한 것일까? 그렇다면 정체성을 형성하려는 과정에서 나타나는 한때의 현상이라고 볼 수 있다.

황은이의 표정 변화는 나만 느낀 것은 아니었다. 웃을 때는 밝아 보이지만 혼자 있을 때는 어둡고 고민하는 표정이 살짝살짝 드러난다고, 황은이를 생각해주는 주변 아이들이 이야기해주었다.

"황은아! 지금까지 너의 말을 들으니 감정이 조금은

복잡해 보이는데, 왜 그런지 생각해보았니?"

뚜렷한 답은 나오지 않았다. 원인이 무엇인지 인식할 수 있다면 안정을 찾는 데 도움이 될 것이란 생각이 들었다. 원인 없는 결과는 없다. 그리고 이유를 스스로 찾아가는 과정은 더 나은 성장을 위한 지름길이 된다. 황은이의 성격을 어느 정도는 알고 있기에 대화의 물꼬를 트기는 어렵지 않았다.

"황은아, 어떤 결과가 있다면 그 원인도 있다고 생각한다. 그러니 우리 함께 힘들어하는 원인이 무엇일까 찾아보자. 마음의 이야기를 해보자. 가능하겠니?"

"예."

짧지만 분명했다. 황은이가 하는 말을 이해해주고 경청하고 존중해주었다. 대화가 이어졌다. 황은이는 내가 적극적으로 자신의 문제에 대해 이끌어주기를 바라는 것 같았다. 지금껏 한 번도 겪어보지 못했던 현재의 감정 상태를 답답하게 느끼는 것 같았다. 해결책을 찾고 싶어 하는 아이라는 생각이 들었다.

나는 황은이가 완벽해지려는 성향을 가지고 있다고 판단했다. 그런데 그 완벽은 자기를 중심으로 출발하고 있었다. 그래서 자신이 싫어하는 행동을 친구가 해도 못마땅하지만 속으로 담아두고 표현하지 않았다. 표현하지 않는 것 역시 완벽함의 속성에서 비롯된 것이었다. 친구와 갈등을 일으키지 않아야 한다는 마음이 완벽이었고 최선이었다.

황은이는 그 많은 것들을 마음과 머릿속에 욱여넣은 채 털어내지 못했다. 하지만 밖으로 표출하지 않았을 뿐, 마음속으로는 고스란히 간직했다. 그러나 그 불편함이 얼굴에서 나타났다. 마음은 거짓말을 할 수 없으니 얼굴에 잠시잠시 표출된 것이다. 버리지 못하고 쌓아놓았으니 새로운 것을 있는 그대로 받아들이지 못했다. 여러 가지 난제들이 오버랩 되어 자신을 혼란스럽게 만들기도 했다.

못마땅한 마음을 버리지 못한 상태에서 새로운 것을 받아들이려고 하니 얼마나 마음이 복잡했을까? 그러니 표정도 점점 자연스럽지 못한 상태가 되고 있었다. 어정쩡한 미소를 지었던 것도 이 때문이었다. 그런데 다행스럽게도 황은이는 대화를 하면서 이러한 사실을 차츰 인정하기 시작했다.

가치에 대한 생각이 깊어지고 커지면서 전에는 아무렇지 않았던 것들이 싫어지고 거리감이 느껴지면서, 혼자 있고 싶은 생각이 들기도 했다. 정체성을 자각하기 시작한 것이었다. 아직 황은이는 그런 자신을 깨닫지 못하고 있었다. 이때 자신을 인식할 수 있고 이해할 수 있는 생각의 창을 키워주면 조금은 순조롭게 극복할 수 있게 된다. 그 역할은 인생을 앞서 살아온 사람들의 몫이다. 나와 대화를 이어가면서 황은이는 긍정의 신호를 많이 보냈다.

"예, 맞는 것 같아요."

"예, 맞아요."

이러다가도 고개를 갸웃거리며 반만 인정하는 태도를 보이기도 했다. 하지만 '맞다'라고 할 때는 황은이의 미소도 자연스럽게 밝아졌다.

"황은아, 세상은 하나만 있는 것도 아니고 사람들이 같은 생각만 갖고 있는 것도 아니란다. 사람들은 생각이 각기 다르고, 가치관도 다르고, 타고난 성격도 다르기 때문에, 행동도 다르게 나타날 수밖에 없단다. 그리고 각자 상대를 이해하려는 마음의 그릇 크기도 저마다 다르단다. 자신의 관점에서 자신의 생각 속에서 세상을 보려고 하면 세상은 무척 넓은데 작은 세상밖에 볼 수 없게 된단다. 분명 존재하는 것을 내가 보지 못하기 때문에 사람들은 이해하지 못하고 서로 힘들어한다고 볼 수 있단다. 그렇게 되면 친구들과 세상은 결코 너를 만족시키지 못한다. 그리고 그 결과로 불만이 생길 수밖에 없단다. 친구는 나와 다르다고 생각하고 내가 갖지 못한 친구의 장점을 5가지 이상 찾아봐. 그러면 친구가 지금보다 친근해지고 친구의 말도 조금 더 이해를 할 수 있게 된단다. 네가 더 많은 것을 가졌다고 생각하면 조금밖에 갖지 못한 친구에게 베풀어 주어야겠다는 생각이 바로 여유란다. 물질의 소유에서 빈부의 차이를 이야기하지만, 마음 씀씀이에서도 풍요로운 자와 빈곤한 자가 있기 마련이다. 베푸는 자가 풍요로운 자가 되고, 가르쳐주는 경험은 배우는 경험보다 훨씬 더 많은 것을 깨닫게 해준다. 그러면서 성숙해진단다. 친구와 대화할 때도 친구는 나와 다른 존재이기에 생각과 행동이 다를 수 있다는 점을 꼭 알았으면 좋겠다. 대화를 하거나 놀다보면 친구의 행동이 못마땅할 수도 있다. 그리고 자신의 의견만 고집하는 친구도 있다. 그럴 땐 고개를 끄덕여주면서 자연스럽게 화제를 돌리거나 대화를 끝내는 것도 지혜라고 생각한다. 왜냐고? 친구와 나는 다른 존재이기 때문이지. 친구의 의견을 확인했으니 싸울 필요가 없어진 것이다.

대화는 싸우려고 하는 것이 아니니까 말이다."

성공하는 사람은 상황을 반전시킬 줄 알고 스트레스를 푸는 방법을 알고 있다고 한다. 새로운 것은 새로운 생각으로 해야 하는데 과거의 생각에 집착하면 새로운 생각을 할 수 없게 된다. 창의적인 생각을 할 수 없게 되는 것이다. 새로운 것을 받아들이려면 버릴 줄을 알아야 하고 비울 줄도 알아야 한다. 컴퓨터도 용량이 차면 다른 것을 담지 못한다. 많은 것을 담는 것이 중요한 것이 아니라 무엇을 담느냐가 더 중요한 것이다.

황은이는 지금 성장기에 있다. '비 온 뒤에 땅이 굳는다.'는 말이 있다. 땅이 굳기 위해서는 비가 필요하다. 황은이는 지금 비를 맞고 있지만 자연스러운 성장의 과정이다. 현상을 치유하는 방법으로 자연과 인간의 공통점은 기다린다는 데 있다. 차이점은 인간은 기다림과 함께 가꾸어주는 노력과 정성을 보태야 한다는 것이다.

중2의 변화는 자연스럽게 받아들여야 할 일이다. 달라지는 것이 아니라 누구나 거쳐야 하는 성장통인 것이다. 그 변화된 모습을 나무라는 것은 비가 내리는 것을 못마땅한 것으로 생각하는 것과 같다.

나는 황은이에게 마지막으로 이렇게 말했다.

"친구가 싫은 말과 행동을 하더라도 힘들게 마음에 담지 않았으면 좋겠다. 나와 다르기 때문이다. 마음을 다스리는 일도 공부를 잘하게 되는 과정처럼 단박에 되지는 않는다. 연습을 해보기 바란다."

공부와 마찬가지로 행복한 삶도 노력과 연습으로 이루어지는 것이지, 그냥 찾아오는 것이 아니라는 점을 황은이가 알아가기를 바랐다.

아이돌에 빠진 아이, 수렁에 빠진 걸까?

아이들에게 세상을 보는 눈은 제한적이다.
경험한 만큼만의 세상을 보기 때문이다. 당연히
큰 그림을 그리지 못한다. 큰 그림을 그리기 위해서는
아이들 자신이 다양한 경험을 해야 한다.
부모의 경험이 아니라 아이들 자신의 경험이
강한 아이로 성장하게 만든다.

미성이는 아이돌 가수를 무척 좋아한다. 초등학교 때
부터 그랬다. 콘서트를 쫓아다녔고 좋아하는 가수의 사
진을 늘 가까이 두고 소중히 간직한다. 아이돌 사진이
보물로 자리 잡으면서 미성이는 아이돌에 마음까지 퐁당
빠지게 되었다. 어머니는 이러한 미성이의 열성이 못마땅
했다. 하지만 한편으로는 아이와 소통할 수 있는 통로가
무엇일까를 생각했다.

중독성의 몰입에서 오는 부작용을 걱정해서 어느 때
는 어머니 나름 논리적이고 모범적인 답안을 제시하기도

했다. 하지만 그 노력과 의도는 매번 빗나갔다. 동상이몽의 의견차가 무엇인지를 확인하기만 했다. 그래서 어머니는 다른 방법도 생각해냈다. 미성이의 마음을 얻으려고 콘서트 표를 사주었고 한 번쯤은 공연 장소까지 데려다주면서, 미성이가 자신의 속뜻을 헤아려주기를 간절히 바랐다.

하지만 미성이는 어머니의 마음을 헤아리지 않았다. 아이돌과 관련하여 휴대폰 사용 시간은 중2가 되면서는 오히려 늘어났다. 어머니는 미성이의 행동이 한때의 일시적 현상일 것이라는 생각보다는 당장의 큰 현안 문제라고 여겼다. 그러한 생각은 조급함으로 이어졌고 결국 정색을 하며 아이와 대립하기도 했다. 하지만 득보다 실이 더 많았다.

미성이는 팬카페에서 자신과 같은 생각을 하는 고등학생 언니를 만나게 되었다. 언니의 말 한마디 한마디는 미성이의 마음을 움직였고, SNS에서 언니와 접촉하는 일도 늘어났다. 실제로 만나기까지 했다. 다행이라면 언니가 미성이를 그릇된 길로 인도하지는 않았다는 것이다. 미성이가 언니에 대해 갖는 신뢰감과 의지력은 커졌다. 힘들 때 깊이 있는 대화까지 나눌 수 있는 상대가 될 만큼로 언니의 비중은 커졌다.

상대적으로 어머니는 우선순위에서 밀렸다. 언니는 아무런 조건을 달지 않았다. 다 이해해주었다. 미성이는 언니가 어떤 사람인지, 어떤 가정환경에서 살고 있는지 알지 못했지만 단지 자신을 이해해주고 무엇보다도 둘이 좋아하는 가수가 같다는 공통점 때문에 언니와 충분히 가까워질 수 있었다. 중학교 2학년 아이들은 현상을 그다지 복잡하게 생각하지 않는다.

아이돌 문제를 빼고는 어머니는 미성이와 소통에 문제가 없다고 생각했다. 미성이를 위해 콘서트 장소까지 데려다주는 배려를 했기 때문에 미성이도 자신을 이해하고 있을 것이라고 믿었다. 그래서 자신의 생각과 미성이는 크게 벗어나 있지 않을 것이라 어머니는 생각했다. 한 번씩 성난 파도처럼 밀려오는 미성이와 의견 충돌은 불통으로 인한 폭풍이었고 고난의 시간이었다. 하지만 그것은 어느 가정에서나 흔히 있는 일회성 일이라 생각했다.

미성이의 학습 능력은 최상위권으로 매우 뛰어났다. 학교생활에도 아무런 문제가 없는 모범생이었다. 그만큼 어머니의 기대도 컸다. 어머니는 표준화의 모델로 미성이를 다듬고 싶었다. 어머니는 그것이 최선이고 미성이를 위하는 길이라고 생각했다.

하지만 어머니는 미성이의 속마음을 읽지 못했다. 이는 미성이가 보여주지 않았기 때문이기도 하다. 미성이는 화장도 해보고 싶었고, 방학 때는 머리 염색도 하고 싶었다. 하지만 어머니로서는 받아들이기 어려웠다. 어머니는 대화를 통해 설득했다고 생각했지만 미성이 입장에서는 강요에 가까운 짓누름이었다. 그렇지만 어머니는 이런 일들이 미성이와 보이지 않는 벽을 쌓고 있다는 것을 충분히 알아차리지는 못했다. 불편하지 않을 정도로 자신을 따르는 미성이의 태도를 보면서 어머니는 충분히 미성이와 소통하고 있다고 생각했다.

반면에 미성이는 어머니의 성향을 잘 파악했다. 어머니의 의도를 잘 알고 행동하는 영리한 아이였다. 자신이 어떻게 행동해야 간섭을 덜 받는지를 알았고, 어디까지 행동해야 안전한지, 그 경계선을 알고 있는 영악한 아이였다.

반면 어머니는 미성이의 속마음을 몰랐고 딸과 잘 소통하고 있다고 스스로 믿었다. 미성이는 팬카페에서 만난 언니가 있다는 사실과 지금도 그 언니와 대화하며 소통하고 있다는 것은 결코 어머니에게 말하지 않았다. 어머니가 알면 혼날 것이 너무나 분명하다는 것을 미루어 짐작했기 때문이었다.

어머니는 미성이와 친구 같은 어머니이고 싶었다. 하지만 그것은 어디까지나 짝사랑이었다. 그런 미성이가 나에게 언니와의 소통 사실을 털어놓았다. 단, 어머니에게는 결코 말하지 않는다는 것이 전제 조건이었다. 미성이는 마음속 깊이 꽁꽁 숨겨두었던 이야기를 나에게 풀어놓았다. 나와 미성이는 신뢰감을 유지하면서 대화를 이어나갔다. 이야기가 길어지면서 속 깊은 비밀 이야기도 하나씩 털어놓았다.

하지만 어머니에게 말하지 않는다는 조건을 달았기 때문에 나의 마음은 가볍지 않았다. 숙제를 안은 듯한 기분이었다. 미성이의 마음을 헤아려주고 조언을 해주어야 할 책무가 나에게 있다는 무게감 때문이었다. 어떤 조언을 해주어야 미성이가 나를 신뢰하고 스스로 방향을 잡을 힘을 얻을까? 신중하게 생각하고 또 생각하면서 미성이와 눈높이를 맞추었다. 나는 이야기가 잘 되어 나갈 때쯤, 성동구에 산다는 그 언니와의 관계에서 조심할 사항을 넌지시 언급하였다. 조심스러운지라 나도 모르게 말이 느려졌다. 미성이는 아주 눈치가 빠른 아이다. 내가 무슨 말을 하는 건지 이미 파악하고 있었다.

"선생님이 어떤 걱정에서 하신 말씀인지 알고 있어요. 조심할게요."

우려는 사라지고 미성이와 나는 믿음과 소통의 친근한 미소를 나눌 수 있었다. 예의 바르고 학습 능력이 뛰어난 아이 정도로만 알고 있었는데, 미성이가 아이돌 가수를 무척 좋아하고, 고등학생 언니와 소통하고 있다는 사실은 오늘 새롭게 알게 된 정보였다. 나뿐만이 아니었다. 미성이가 어떤 아이돌을 좋아하는지는 몇몇 친한 친구들만 알고 있었다. 카페에서 만난 고등학생 언니와 소통하고 있는 것은 친한 친구도 전혀 모를 만큼 미성이는 자신의 모습을 잘 보여주지 않는 아이였다.

자존감이 높은 것은 물론, 조심성도 많은 아이라는 사실을 대화를 하면서 알게 되었다. 주변을 많이 의식하는 아이였기에 자신을 노출하지 않았다. 그래서 조금은 소심한 모습으로 비쳤던 것이다. 미성이는 친구의 폭이 좁은 편이고 단짝 친구를 선호하는 아이였다. 그러면서 단짝 친구가 자신보다 성숙한 면을 보여야 좋아했다. 그래서 고등학생 언니와 쉽게 소통할 수 있었던 것임을 대화를 하면서 느꼈다. 자존감과 자신만의 정체성을 찾으려는 노력이 보이는 청소년 시기의 특징이 고스란히 드러나는 아이였다.

청소년 시기에 많은 아이들은 일탈을 꿈꾸고 있기에 표준화만을 고집하지는 않는다. 일탈 또한 소중한 경험이다. 그 일탈이 문제아를 만드는 것이 아니다. 어른이나 부모들은 자신이 만든 프레임에서 벗어나는 것을 일탈이라고 생각한다. 그래서 부모들은 아이들을 닦달하고 아이들이 가고 싶은 길이 아니라 자신들이 가고 싶은 길로 인도하려고 한다.

아이들에게 세상을 보는 눈은 제한적이다. 경험한 만큼만의 세상을 보기 때문이다. 당연히 큰 그림을 그리지 못한다. 큰 그림을 그리기 위해서는 아이들 자신이 다양한 경험을 해야 한다. 부모의 경험이 아니라 아이들 자신의 경험이 강한 아이로 성장하게 만든다. 하지 말아야 할 것을 경험으로 깨닫게 해주는 것도 좋은 교육이다.

부모는 자녀가 수렁에 빠지는 일이 없도록 선악의 기준을 깨닫게 해주는 정도로만 자녀와 대화해야 한다는 사실을 인식해야 한다. 이것이 배려 교육의 시작이다. 부모의 입장에서 가장 중요한 역할은 끊임없는 대화다. 부모와 대화를 많이하는 아이는 은연중에 그 기준을 알고 행동한다. 대화는 아이에게 튼튼한 지지대이자 디딤돌이 되어준다.

부모들은 삶의 현장에서 나름대로 경제적인 전문성을 지니고 있다. 그러기에 삶의 현장에서 당당하게 살아가고 있는 것이다. 이제 우리는 또 하나, 자녀 교육의 전문성이 필요한 시대에 살고 있다. 선택의 순간과 선택해야 할 일들이 많아졌다. 세상에는 유혹과 위험 요소가 너무 많다. 이러한 환경에서는 어려서부터 어떤 교육환경을 만들어주느냐가 중요한 과제이다.

그 과제의 실천은 가정에서 교육적인 문화를 만들어 나가는 일로부터 시작되어야 한다. 그래야 효과적이다. 어려서부터의 시작이 중요한 것은 교육이 습관의 문제이기 때문이다. 농사에도 때가 있듯이, 시기를 놓치거나 늦으면 그만큼 결실을 보장받지 못한다. 나은 결실을 맺기 위해서 더 노력하고 치러야 할 비용도 더 커지는 것이다.

적기에 투자해야 성공의 보장도 높아지는 법이다. 농사의 과정처럼 꾸준히 보여주고 깨닫게 해주는 노력과 인내심은 적절한 습관을 붙이는 방법을 찾아야 한다. 이 모든 것을 가정에서 시작하는 것이 가장 중요하다.

스스로 잘 헤쳐 나갈 수 있는 힘을 길러주기 위해서는 기다림과 인내심이 꾸준히 요구된다. 그러기 위해서는 대화의 기법이 중요하다. 틀 속에 가두지 말고 많은 경험을 하도록 배려해주는 것이 무엇보다 필요하다.

가정에서는 심리적 환경과 함께 물리적 환경도 매우 중요하다. 요즘 우리네 거실 중앙에는 커다란 텔레비전이 자리 잡고 있다. 이는 한 번 반성할 필요가 있다.

유대인 부모들은 자녀들이 학교에 갔다 오면 우리네 부모와는 다른 대화를 한다. 부모라면 우리 딸, 아들들이 오늘 학교에서 무슨 생각을 하고 생활한지가 궁금하다. 유대인들은 "우리 딸, 아들이 오늘은 무슨 질문을 했을까?"라고 묻는 것이 일상이다.

질문하는 아이는 생각하는 아이다. 생각하는 아이는 창의력을 키워가는 아이다. 내 아이가 창의력이 있는지를 알 수 있는 척도 중 하나가 질문을 잘할 수 있는지 여부이다. 이런 점에서 하브루타 교육 방식은 우리가 지향점으로 삼아도 좋을 만큼 시사하는 바가 매우 크다.

아이들의 일탈을 '빼기'가 아니라 '더하기'로 보고 조언하려는 관점이 있어야 한다. 격려는 자존감을 키우고 정체성을 이루는 데 큰 도움이 된다. 꾸중은 자존감을 떨어뜨리고 자신감마저 잃게 만든다. 스스로를 문제아라고 인식하게 만들 수도 있다.

일탈로 얻어지는 경험에 가치를 부여하고, 강한 아이로 키워야 한다. 한 번 경험하면 다시는 일탈의 길을 가지 않게 해야 한다. 일탈의 경험이 있기에 다른 생각을 할 수 있고, 다른 관점을 볼 수도 있다. 표준화된 규격으로는 창의성 있는 다양한 사고를 가진 아이로 성장하지 못할 수 있다.

창의력은 키워주는 것보다 이해해주는 것이 중요하다. 에디슨의 엉뚱하고 끝없는 호기심을 공교육에서는 감당하지 못했다. 하지만 어머니가 이해했기 때문에 결실을 맺었다. 남들이 하지 않는 행동과 호기심을 갖는 아이, 남들이 가지 않으려는 길을 가려는 아이, 엉뚱한 상상을 하는 아이, 사방을 두리번거리고 질문을 잘 하는 아이에게 관심을 가져야 한다. 아인슈타인의 말마따나 상상력이 지식보다 중요하다. 부모와 함께하는 독서와 대화는 이러한 아이로 성장하는 데 큰 밑거름이다.

어디에 사는지, 어떤 성향의 사람인지, 어떤 가치관을 가진 사람인지도 모르는 채 미성이는 언니와 소통하고 있었다. 미성이는 언니와 소통을 하면서도 미래의 꿈을 꾸고 있었다. 미성이의 꿈은 상담치료사였다. 불통으로 힘들어 하는 사람들에게 등대와 같은 조언자가 되기를 꿈꾸고 있었다. 미성이가 지금 겪고 있는 경험은 상담치료사로 가기 위한 먼 여정의 훌륭한 밑거름이 될 것이다. 어머니가 해줄 수 없었던 경험이었지만 미성이의 경험은 적지 않은 삶에 그 무게를 더해주었고 또 하나의 조각을 만들고 있다는 생각을 들게 했다.

경험 많은 부모와의 소통이 가능하다면 더 안전하고 더 큰 깨달음으로 성숙해질 수 있다. 그러기 위해 어머니는 미성이와의 사이에 존재하는 벽부터 인식해야 한다. 표준화의 틀이 아니라 미성이를 있는 그대로 살피고 그것을 바탕으로 대화가 이어져야 한다. 중2의 아이는 미완성이고 불완전하며 불안한 심리 상태의 시기를 통과하는 존재이기 때문이다.

모두가 부장이 됐어요

6교시 과학 시간. 아이들이 잘못했다는 진지한 표정
으로 교실 뒤쪽에 도열해 있었다. 자리에 앉아 있는 아
이들은 불과 4명이었다. 우연히 복도를 지나가다 목격하
게 된 우리 반 아이들의 모습이었다.

가슴이 덜컹 내려앉았다.

'무슨 일이지? 무슨 잘못을 했기에 저렇게 많은 아이
들이 혼나는 것일까?'

몇몇 아이들은 창문 너머로 나를 보자 화들짝 놀라면
서 당황스러운 표정을 지었다. 미안한 모양이다. 발걸음

과 머릿속까지 무거워졌다. 지난 번 과학 시간에도 많은 아이들이 숙제를 하지 않아 혼났다는 이야기를 들었다. 이번에도 같은 일이 벌어진 것일까? 그렇지만 이번에는 그 수가 너무 많았다.

수업이 끝나자마자 회장과 부회장을 불러 자초지종을 물었다. 문제를 풀어오라는 숙제가 있었는데 4명을 제외한 나머지는 하지 않았던 것이다. 지난 시간에 수업 끝나는 종이 칠 때쯤 말해준 과제라 많은 친구들이 흘려들은 것 같다고 했다. 그렇게 까맣게 잊어버린 채로 과학 시간이 되었고, 수업이 시작되고 나서야 다들 '아차' 했다는 것이다.

이해는 되었다. 큰일은 아니어서 일단 마음이 놓였다. 그러나 반복되어서는 안 될 일이었다. 하지만 어떻게 해야 좋을까.

"반복하지 않으려면 어떻게 하면 좋을 것 같니?"

회장과 부회장도 뾰족한 해답을 내놓지 못했다.

"우리 셋이서 해결책을 찾을 수 없으니 학급자치회의를 열어보자."

지금 교실로 올라가서 해결책을 찾아보는 회의를 해보라고 주문했다. 회장과 부회장은 리더십을 발휘하여 회의를 진행하고 회의가 끝나면 성찰의 시간도 스스로 갖도록 했다. 결정한 내용을 실천하려면 진지한 성찰의 시간이 필요하다고 판단했기 때문이다.

회의가 끝나면 알려달라고 했는데 30분이 지나도 회장과 부회장이 내려오지 않았다. 생각보다 긴 시간이 흘렀다. 궁금했다. 이 정도면 회의가 끝났을 시간 아닌가? 30분 동안 회의를 하고 있다는 자체가 기특하기도 했지만 반대의 경우일 수도 있었다. 기대 반 걱정 반으로 교실로 향했다.

'아이들은 어떤 모습을 하고 있을까?'

'감정의 변화는 일어났을까?'

'해결 방안은 찾았을까?'

'아이들에게 어떤 말로 시작하고 어떤 말을 해줄까?'

교실 문을 열었다. 아이들은 진지하고 무거운 표정이었다. 회장 주도 아래 눈을 감고 성찰과 사색 시간을 갖고 있었다. 생각 밖의 아이들 모습에 나의 마음이 숙연해졌다. 이 정도의 분위기라면 나의 말이 아이들 마음속으로 쉽게 파고들 수 있을 것 같았다.

회의 결과는 이랬다. 숙제를 공지해주는 담당 학생을 정한 것이다. 제출일 전, 그리고 검사 당일에도 제출 시간을 다시 공지하여 완성하지 못한 학생들이 있으면 함께할 수 있도록 도와주는 안까지 나왔다. 수업 시간에도 수업에 방해되는 일은 하지 않도록 하고, 위반 정도가 지나치면 회장과 부회장이 종례 시간에 호명을 하여 반성하는 시간을 갖도록 하자는 것이었다.

다시는 실수를 반복하는 일이 없어야겠다는 아이들의 의지가 읽혀지는 내용들이었다. 아이들 스스로 결정했다는 점에서 의미가 컸다. 이제는 실천만이 과제였다.

"여러분들의 해결책에 감동을 받았습니다. 여러분들이 성숙해졌다는 생각에 담임선생님으로서 정말 기쁩니다. 그런데 지금부터 중요한 것은 무엇이라고 생각하나요?"

잠시 침묵이 흘렀다.

"실천이요."

몇몇 아이들이 입을 열었다.

"맞습니다. 하지만 여러분 모두가 다 실천하지 못할 수도 있습니다. 따라서 실천을 못 했다고 해서 실망하지는 않을 것입니다. 실천은 매우 어려운 일이기 때문입니다. 여러분들이 조금이라도 노력하는지를 보고 싶을 따름입니다. 선생님이 오늘 가장 기쁜 것은 여러분들이 반성하고 해결책을 찾았다는 성숙함 때문입니다. 선생님은 오늘 6교시에 여러분이 꾸지람을 듣는 것을 보고 우울해졌습니다. 그동안 우리가 노력을 해왔는데 순간 땅이 꺼지는 기분도 들었습니다. 하지만 우리는 다시 희망을 찾았습니다. 실천해 보도록 합시다. 선생님도 여러분들을 돕기 위해 한 발짝 더 다가가겠습니다."

나의 장황한 말을 이처럼 진지하게 받아들이는 모습은 이런 분위기가 아니면 보기 어렵다. 과제 공지를 맡은 성은이의 책임이 커졌다. 나는 아이들의 자발적 자치의 힘을 믿는다. 교육은 엄청난 인내심을 필요로 한다. 또한 미세한 변화에 감동하고 칭찬하는 것이 또 다른 변화를 이끌어가는 힘이 된다.

성은이의 역할로 과제에 관심이 높아졌고 놓치는 아이들은 눈에 띄게 줄어들었다. 아이들 스스로 이루어낸 자치의 힘이었다. 나는 이 일을 계기로 성은이에게 주어진 역할을 모든 학생에게 주고 싶었다. 스스로 역할을 맡는 것은 자율적인 힘을 키워주는 핵과 같았기 때문이다. 이래서 탄생한 것이 '모두가 부장이 됐어요'이다.

모든 학생을 부장으로 만들었다. 칭찬부장, 생일부장, 과제부장, 에너지부장, 화초부장, 주번부장, 양호부장, 멘토부장, 영상부장, 생활부장 등 25명의 특색 있는 부장들을 만들어 각각의 역할을 정하고 자율적으로 선택하도록 했다.

이제부터 학급의 모든 아이들이 주변으로서가 아니라 학급의 중심으로 저마다 성장하기 바랐다. 모두가 부장이다 보니 처음에는 너무 미흡하여 희망이 보이지 않았던 아이들도 있었다. 하지만 경험하는 횟수가 늘수록 변화가 일어나고 아이들도 야물어지기 시작했다.

밭에 뿌린 씨앗도 싹이 트는 시기가 각각 다르다. 아이들의 교육에서는 그 차이가 더욱 크게 나타난다. 기다림이 부족하면 수확의 양이 적어지거나 망가지는 것이 교육이다. 기다림과 인내심이 커지면 수확의 양도 비례해서 늘어나기 마련이다.

교사가 좋은 수업의 스킬을 터득했다고 해서 많은 아이들이 행복한 수업이었다고 말하지는 않는다. 교사와 학생이 함께 만족하는 눈높이 수업이어야 한다. 자신들이 존중받는다는 느낌만큼 나에게도 신뢰를 보냈다. 나를 반겨주는 진정성도 비례해서 커졌다.

오늘 같은 사건이 또 반복될지언정 결코 인내심을 잃어서는 안 된다는 초심을 더욱 굳게 다졌다.

3년 만에 드러낸 마음

한 통의 편지를 받았다. 뜻밖이고 갑작스러운 만큼 반갑고 기뻤다. 얼른 편지를 열어보았다. 반가운 마음에 편지에 어떤 내용이 담겨 있을지 궁금함까지 더해졌기 때문이다.

편지를 건넨 아이는 교과목 시간에는 만난 적이 없고, '역사산책반' 시간, 1년에 8번 정도 동아리 활동 시간에만 보았던 아이였다. 1학년은 역사 과목이 없는데도 1학년 아이 2명이 신청을 했다. 그중에 1명, 서희라는 아이가 오늘 찾아와 예쁜 손을 살며시 내밀었다. 부끄러운지 얼굴도 붉어졌다. "편지예요."라는 말 대신 함박웃음만 지었다. "고맙다."라는 나의 말에 "제 마음이에요."라는 짧은 인사를 남기고 돌아섰다. 담고 있는 마음보다 표현이 훨씬 적은 아이다.

'역사산책반'은 2, 3학년이 주를 이루었지만 두 아이는 그 틈바구니 속에서도 1년 내내 꿋꿋하게 활동을 잘 했다. 그리고 2학년에 이어 3학년 때에도 신청을 하면 계속 얼굴을 볼 수 있었다. 1년 단위로 이루어지는 동아리 활동이기에 매년 같은 내용으로 활동하게 된다. 그런데도 3년 연속 계속 신청을 하였다.

서희는 열심히 활동을 하는 아이지만 질문이나 표현은 잘 하지 않았다. 그래서 여러 아이들 틈에 묻히기도 했다. 하지만 집중하며 반짝이는 두 눈 때문에 내 시야에 자주 들어왔다. 무언가를 묻게 되거나 칭찬을 해주면 좋아서인지, 만족스러운지 속 시원한 대답 대신 빙그레 웃기만 하는 모습이 많았다. 예쁜 미소였기에 마음을 대신 읽을 수 있었다.

이제 서희는 3학년이 되었다. 나는 첫 답사 장소로 경복궁을 선택했다. 구성원이 대부분 매년 바뀌지만 서희처럼 연이어 활동을 하는 아이들도 있다. 그래서 답사 장소도 이 아이들을 위해 매년 다르게 구성하려고 노력하였다. 하지만 경복궁만큼은 조선 왕조의 정궁으로서 조선의 역사는 물론 궁궐의 조성 원리를 알려주기 위한 장소로 알맞기 때문에 매년 답사 장소로 꼭 넣는다. 새롭게 신청한 아이들을 위한 배려이기도 하지만 청소년들이 무료로 답사가 가능한 곳이기도 하다. 그러니 서희와 또 한 명, 주미는 1, 2학년을 거치면서 이미 두 번이나 가본 곳이었다. 나는 답사를 하기 며칠 전 서희와 주미를 불렀다.

"이번에 경복궁에 가면 너희들은 세 번째 답사가 되는데 어떠니?"

"좋아요."

의외의 답변이었다.

"갈 때마다 새로움이 있어서 좋은 것 같아요."

진지하게 답사를 했을 때 나올 수 있는 대답이다. 서희와 주미는 반복 학습으로 인한 깊이를 터득하며 재미를 느끼고 있었다. 긍정적인 답변에 마음이 편해졌다. 그래도 이미 두 번이나 경복궁을 갔던 두 아이에게 이번에는 다른 경험을 하게 해주고 싶었다.

"너희들은 두 번이나 경복궁을 가봤으니까 이번에는

너희들이 한 곳씩 맡아서 설명을 해보면 어떨까? 주미가 근정전에 있는 사신도를 맡고, 서희는 근정전이 무엇을 했던 곳인지 설명하고."

두 아이는 반색을 했다. 혹시나 싫다고 하면 어쩌나 했던 것은 쓸데없는 걱정이었다. 나는 설명 요령과 간단한 자료를 건넸다. 그리고 부족한 부분은 스스로 검색을 통해 찾아보도록 주문했다.

답사 당일 두 아이는 처음 해보는 설명이라 긴장한 기색이 역력했다. 목소리는 크지 않았다. 하지만 그동안의 답사 경험과 내가 건네준 자료, 그리고 인터넷에서 찾은 자료를 보태서 최선을 다해 열심히 설명했다. 정성과 열정이 느껴졌다.

짝짝짝~!

나는 기특한 두 아이의 모습에 박수를 쳤다. 듣고 있던 아이들도 자발적으로 성의 있는 박수를 보냈다. 얼굴이 발그레하게 물든 서희와 주미는 웃음으로 고맙다는 인사를 대신하였다.

두 아이는 듣는 것과 설명해보는 것의 차이를 깨달았을 것이다. 경험은 가장 좋은 스승이다. 누군가에게 뭔가를 가르쳐주었다는 경험은 머릿속에 두고두고 남아서 또 다른 자신감과 도약의 발판으로 작용한다. 두 아이는 새로운 학습의 과정을 알게 되었다. 자존감도 더 커질 것이다.

아무 일 없었던 것처럼 시간이 흘러갔다. 그러던 어느 날 서희가 불쑥 나를 찾아와 편지를 내밀었다.

> 선생님! 1학년 때부터 선생님 동아리에서 열심히 수업을 듣고 있는 서희예요.
> 이번에 선생님께 드리는 첫 편지인 것 같아요.
> 처음 1학년 동아리에 들어올 때는 들어오고 싶어서 들어온 것이 아니었지만
> 2학년, 3학년 때는 제가 원해서 들어온 동아리였습니다. 항상 쌓여가는 역사 상식들을 들을 때마다 뿌듯해요.
> 2년 동안 기억에 남는 것이 경복궁이었는데
> 이번에는 제가 설명할 수 있어서 더 기억에 남아요.
> (이런 기회를 주셔서 감사합니다. ♡) (중략)
> 저도 미래의 꿈이 교사인데,
> 가르치는 것도 중요하지만 어떻게 학생들의 마음을 얻을 수 있는지를 알게 되었습니다. (중략)

1학년 때 처음으로 역사산책반에 들어왔던 것이 얼마 전 같은데

벌써 졸업할 시기가 다가오니 아쉬워요. (중략)

"꽃의 향기는 내 마음대로 바꿀 수 없었지만 사람의 향기는 바꿀 수 있다는 희망이 있었다. 바꾸고 싶은 향기는 배려심으로 채워지고 푸근하게 느껴지는 향기였다.『행복수업』, 253쪽에서" 선생님이 쓰신 책『행복수업』에서 제 가슴에 와 닿았던 부분이에요. 저도 사람들의 향기를 바꾸어줄 수 있는 사람, 미래의 교사가 되도록 하겠습니다.

주미도 옆에 있는데 같은 마음이라는 사실을 알아달래요.

누군가에게서 정성이 담긴 편지나 마음을 별안간 전달받으면 행복은 그 두 배가 된다. 그 행복을 전해준 서희는 나의 마음을 드넓은 초원으로 안내해주었다. 그곳은 걱정도 사라지고 희망이 부풀어 오르는 아름다운 곳이기에, 내가 아이들을 위해 무엇을 더 해야 할 것인지 마음의 지평을 더 넓힐 수 있는 곳이었다. 내가 아이들에게 건네준 것은 작은 것이었는데 아이들은 커다란 메

아리로 부풀려 돌려주었다.

　서희의 편지는 교사로서 느낄 수 있는 가장 큰 선물이 아닐 수 없다. 큰 메아리는 울림도 크다. 서희의 선물은 보람이 무엇인지를 알려주었고, 교사는 아이들에게 계속 어떤 자세를 취해야 하는지 가다듬게 하였다. 아이들을 통해 교사는 함께 배우고 성장한다는 사실도 깨달았다.

　자신의 의사를 잘 드러내지 않았던 서희는 그동안 꾸준히 자신의 내면을 채우고 있었다. 서희의 본성이 아름답게 피어나도록 도와주는 것이 나의 몫이라는 생각이 더 절실해졌다. 그리고 더 많은 아이들에게 본성이 아름답게 피어나도록 다양한 기회를 열어주는 것이 교육임을 다시 한 번 돌아보는 하루가 되었다.

못할 것이란 생각보다 잘할 것이란 믿음으로

처음에는 어색하고 부족한 점이 느껴지는 것은
너무 당연해. 그러나 한 번만 해보면
성취감이 생길 거야. 그리고 기쁜 마음도 들 거야.

여민이는 우리 반 생일부장이다. 생일부장을 하겠다고 스스로 선택한 아이다. 반 친구들의 생일이 다가오면 축하 행사를 주관하는 생일부장은 행사의 기획과 진행을 도맡아야 하기 때문에 쉽지 않은 역할이다. 사전 준비를 꼭 해야 하는 직책이다.

이전에 임원을 해본 경험이 전무했기에 주저할 만도 했지만 여민이는 선뜻 나섰다. 가보지 않았던 길을 가보는 도전과 새로운 경험을 해보는 것이 최고의 스승이 될 수 있다는 우리 반의 가치를 그대로 따른 아이 같았다.

그런 만큼 여민이의 활동에 시선이 모아졌다.

"강을 거슬러 헤엄치는 자가 강물의 세기를 안다."(우드로 윌슨)고 했듯이, 새로운 일을 직접 경험한다는 것은 강물의 세기를 직접 체험하는 일이며, 그 도전은 역량을 키우는 일이다. 경험으로 새로운 생각과 느낌을 얻음으로써 자신감의 내적 성숙을 경험할 수 있게 되는 것이다. 창의적 사고의 시작도 도전하는 경험에서 더 크게 성장한다. 문제 해결 능력도 경험의 과정에서 커진다. 그래서 새로운 경험에 도전하는 아이들에게는 더 많은 관심을 기울이게 되고 그 과정을 지켜보면서 격려도 하게 된다.

3월 말경 첫 번째 축하 행사의 날이 다가오고 있었다. 그런데 여민이는 별다른 준비를 하지 않았다. 은근히 걱정이 되어 행사 진행 팁을 건넸다. 그런데도 준비하는 모습은 볼 수 없었다. 일단은 지켜보기로 했다. 생일 당일이 되었다. 웬일인지 여민이는 주저했다. 자치회의 시간이 다 끝나가고 있었지만 여민이는 여전히 나서지 못한 채 침묵하고 있었다. 자치회 전체 사회를 맡은 회장도 생일 행사를 재촉하지 않았다.

'여민아, 오늘이 생일인 친구들 축하해주어야지'라고 한

마디 거들고 싶었지만 나 역시 침묵했다. 여민이가 행사를 진행할 마음의 준비가 부족했거나 준비를 하지 않았다는 판단이 들었기 때문이었다. 처음 해보는 생일 축하 행사가 벅찬 듯했다. 한 번도 해보지 않은 생소한 일을 막상 하려고 하니 어떻게 해야 할지를 모른 채 망설이고 있었다. 팁을 주면 잘할 수 있을 것이란 나의 생각이 빗나갔다. 안 될 수 있다는 생각을 미처 하지 못했다. 그동안 그런 일이 없었기 때문이었다. 여민이의 마음을 내가 충분히 파악하지 못했던 것이다. 다시 시작하는 마음으로 해야 했다.

"여민아, 처음부터 잘하는 사람은 없다는 것 알지. 처음에는 어색하고 부족한 점이 느껴지는 것은 너무 당연해. 그러나 한 번만 해보면 성취감이 생길 거야. 그리고 기쁜 마음도 들 거야. 한 번도 해보지 않은 길을 간다는 것은 너에게 특별한 일이 되는 거란다. 잘하지 못하더라도 내일은 꼭 해보자."

"예."

짧지만 힘 있는 목소리는 해보겠다는 의지로 들렸다. 하지만 여전히 안심이 되지 않았다. 다행스러운 것은 축하 행사 진행에 대한 경험을 여민이가 내심 원하고 있다는 것이었다. 실천을 하지 못했다고 해서 주눅이 들지는 않았다. 이 점이 특별해 보였다. 여민이는 평소에도 준비성이 부족했다. 하지만 기특한 것은 해보겠다는 실천 의지가 있다는 점이었다. 그런데도 하겠다는 의지는 있지만 준비와 실천은 별개로 작동하고 있는 특이한 캐릭터의 아이였다.

다음 날이었다. 결국 생일 축하 행사를 진행하게 되었다. 엉거주춤한 모습과 어색한 말투로 친구의 생일축하 행사를 겨우 마쳤다. 자신감이 부족한 듯 목소리는 작았다. 축하한다는 짧은 글로 끝을 맺으며 내가 마련해준 생일쿠폰을 건네는 정도였다. 준비가 제대로 되지 않은 듯했다. 하지만 시작을 했다는 점에 일단 주목했다. 씨앗은 싹을 틔울 수 있다는 희망을 품을 때 씨앗의 의미가 있는 것이다. 그리고 무성한 잎으로 자랄 수 있다면 스스로 살아갈 수 있는 능력을 갖추게 되는 것이다. 그러기까지는 많은 것들이 필요했다. 햇빛, 거름, 물, 가꾸기 등을 해주어야 식물이 제대로 성장할 수 있듯이, 여민에게는 보다 더 많은 정성과 노력이 필요했다. 시간과 노력이 함께 필요한 일이었다. 첫술에 배부를 수 없다는 말을 되새겼다.

두 번째 생일 축하 행사를 가졌다. 그리고 1학기가 끝나가도록 여민이의 행사 진행은 좀처럼 발전하지 않았다. 많이 더디었다. 싹은 틔웠지만 자라지 못하고 있었다. 그러나 생일부장을 교체하는 것은 최악의 선택이 될 수 있었기 때문에 고려하지 않았다. 시간이 걸릴 뿐이지 분명 무성한 잎으로 자랄 수 있다는 희망을 놓지 않았다.

생일부장을 교체하는 것은 쉬운 일이다. 하지만 바람 앞의 촛불 같은 여민이의 자신감을 앗아가는 선택은 하지 말아야 했다. 생일을 멋있게 축하해주는 역할도 중요하지만 여민이가 자신의 역할을 발전적으로 해나가도록 이끌어주는 것이 더 중요하다는 생각을 하고 또 했다.

학교는 잘하는 아이들만 생활하는 곳이 아니다. 잘하는 아이들이 역할을 독점하는 곳도 아니다. 사회에서는 경쟁력이 성공을 좌우하는 중요한 요소다. 하지만 학교는 경쟁력의 가치가 우선하는 사회에서 충분히 살아갈 수 있도록 능력을 키워주는 곳이다.

여민이는 1학기 내내 단 한 번도 제 날짜에 맞추어 생일 행사를 진행하지 못했다. 축하 내용도 빈약했다. 축하 멘트는 엉성하기 짝이 없었다. 그렇게 1학기를 보냈다. 답답했다. 아이들도 같은 느낌이었을 것이다. 하지만 여민이가 용기를 잃지 않도록 꾸준히 격려해주고 가능성을 칭찬해주는 일을 포기하면 안 되는 것이 나의 역할이었다. 지금은 서툴기 그지없지만 여민이는 분명 조금씩 우리가 볼 수 없는 내공을 키우고 있을 것이라고 기대했다. 나의 교육 방침을 학급 아이들도 알아차렸는지 기다려주는 것 같았다. 서툰 여민이의 축하 행사 진행을 박수로 응대해주는 반응이 너무나 고마웠다.

여름방학을 마치고 2학기가 시작되었다. 첫 번째로 생일을 맞는 행사를 진행했지만 여민이는 달라지지 않았다. 이제는 다른 방법을 찾아야 했다. 2학기마저 이렇게 보낸다면 믿어주고 격려해주고 기다려줬던 의미가 소용이 없어지고, 여민이가 결국 스스로의 한계를 지을지 모른다는 안타까움이 앞섰기 때문이었다.

자극이 될 만한 방법을 찾아야 했다. 무엇이 있을까? 궁하면 통한다고 했듯이 여민이 어머니의 도움을 받아야겠다는 생각했다. 어머니와 통화했다. 자초지종을 말씀드리자 어머니는 반색했다. 그것이 힘이 되었다. 어머니는 여민이가 생일부장인지도 모르고 있었다. 나의 제안을 어머니는 반겨주었고 고맙다는 인사까지 전했다.

우려 반 기대 반이었는데 어머니의 환대는 고무적이었

다. 아들에게 새로운 경험의 기회가 주어졌다는 사실에 어머니는 적극적인 도움을 약속했다. 그리고 집에서 충분한 연습이 필요하다는 나의 요청을 기꺼이 받아들였다. 자신감은 연습을 통해서 커진다.

1주일 후 생일자 2명을 한꺼번에 맞이하였다. 그런데 여민이가 달라졌다. 그것도 많이! 충분한 연습이 느껴졌다. 진행 멘트도 신선했다. 그러한 변화에 더 놀란 것은 친구들이었다.

"제가 그동안 생일을 맞은 사람의 축하 행사를 늦게 하는 일이 많았는데 생일부장으로서의 직무를 제대로 챙기지 못한 점, 여러분께 사과드립니다. 앞으로는 이런 일이 없도록 책임을 다하겠습니다. 이번 8월 생일을 맞는 자를 소개하겠습니다. 키가 크고 항상 게임 캐릭터에 대한 자부심이 엄청난 황희승, 그리고 셀카를 잘 찍고 게임을 전략적으로 하는 조용준의 생일을 축하합니다. 앞으로 나와 주세요."

자신들끼리 공유하는 특별한 내용으로 소개를 하자 아이들은 웃음을 터트렸다. 여민이는 이어서 생일쿠폰을 건네면서 친구들에게 박수까지 유도하였다.

"제가 이번에는 시간이 없어서 롤링 페이퍼를 만들지

못한 점, 양해 부탁드립니다. 롤링 페이퍼를 대신하여 생일 축하 시를 읊어드리겠습니다."

생일을 맞은 그대에게
- 홍수희

당신의
생일을 축하합니다
바로 오늘 태어난
사랑스런 이여!

밤하늘의 별처럼
많고 많은 사람 중에도
당신은 오직 한 사람

눈을 감고
가만히 생각해봐요
꽃들도 저마다 하나이듯이
한낮의 태양도 하나이듯이
당신은 이 세상

그 누구도
대신할 수 없는
오직 한 사람이란 걸

얼마나 아름답고 신비로운 기적인가요
당신은 축복받아
마땅한 사람!

온 세상을 당신께 드립니다
산과 바다 이 기쁨
모두 당신께 드립니다.

"우와아!"

시 낭송이 끝나자 사방에서 탄성과 박수가 쏟아졌다. 그동안 기대로만 머물렀던 빈 공간들이 한순간에 채워지더니 나의 마음까지 훈훈하게 감싸주었다.

"여러분, 다함께 생일을 축하해주어 감사합니다. 황희승과 조용준의 생일을 다시 축하하면서 행사를 마치겠습니다. 앞으로 알찬 생일 축하 행사를 마련하겠습니다."

못할 것이란 생각보다 잘할 것이란 믿음이 오늘을 있

게 했다. 기다림의 소통이었다. 소통이 일어나는 곳에서는 즐겁고 행복한 일이 생기기 마련이다.

'항구에 머물 때 배는 언제나 안전하다. 그러나 그것은 배가 만들어진 이유가 아니다.'라는 작가 존 A. 셰드의 말이 생각난다. 여민이는 이제 항구에 머무르는 배가 아니다. 새로운 세상을 찾아 닻을 올리고 항해를 시작했다. 생일부장의 역할을 제대로 진행하면서 친구들의 환호와 박수를 받았다. 여민이가 처음으로 느껴보는 성취감이었다면 자신감과 자존감도 더 커졌을 것이다. 나도 박수를 보탠다.

교생 선생님의 열정에 아이들이 답하다

아이들이 배고프다고 말할 때 내가 배고팠던 때를
생각하며 사탕 한 개를 내밀어 줄 수 있는 진정한
마음이 그 기초가 된다. 공부하느라 지쳐 있을 때
쉬고 싶다고 할 때, 공감해주는 것이 소통이다.

장미의 계절! 소담스럽게 담장을 타고 피어난 넝쿨장
미가 잠시 눈길을 가둔다. 화단 양쪽에는 아이들 주먹보
다 큰 장미가 탐스럽게 피어 있다. 꽃의 학명이 따로 있
겠지만 너무 커서 '왕장미'라고 부르는 아이들도 있다. 나
역시 공감하였다. 아래쪽 화단에는 연분홍 철쭉이 막바
지 화려한 자태를 뽐내고 있다. 꽃들이 반겨주는 화려한
5월에 29명의 교생 선생님들이 교육 실습을 위해 아이들
에게 다가왔다. 교생 선생님들은 꽃들의 아름다움과 향
기만큼이나 아이들의 마음을 흔들어놓는다.

'교육실습생'을 줄여 '교생'이라고 하지만 아이들을 가르치는 중요한 책무가 있기에 '교생 선생님'이라고 부른다. 교생 선생님들에게 중요한 공통점이 있다면 열정이 넘친다는 점이다. 이러한 교생 선생님들의 색다른 향기를 아이들은 느끼게 되고 무척 반긴다. 새로운 만남에 대한 설렘, 현실보다 나을 것이란 희망, 힘든 현실에 대한 위로, 막연한 기대감 등으로 우리 반에 오시는 교생 선생님은 남자일까? 여자일까? 아이들의 궁금증도 한층 왕성해진다.

내가 근무하는 중앙대 부속 중학교는 중앙대 학생과 대학원생이 대부분이다. 4주간은 나로서도 특별한 기간이다. 젊은 교생 선생님들에게서 느껴지는 에너지와 열정 그리고 새로운 수업 기법을 엿볼 수 있는 기회가 되기 때문이다. 다른 한편으로는 4주간 폭풍처럼 아이들의 마음을 사로잡았던 교생 선생님들이 떠나면 아이들의 마음을 내게로 연착륙시켜야 하는 노력이 필요해지는 시기이기도 하다.

젊은 교생 선생님들에 비해 더 나은 점이 나에게 있다면 그것은 소통하는 방법일 것이다. 25년 세월 동안 소통을 위해 한 발 한 발 내디뎠던 경험의 소산이 있기 때문이다. 흘려 보내는 시간은 무의미하지만 무엇을 어떻게 했느냐의 시간은 유의미하다. 그렇다면 시간 자체가 중요한 것이 아니라 어떤 내용으로 어떤 노력을 어떻게 했느냐의 투자 내용이 중요하다.

아이들과 수업하고 생활하면서 가장 중요하게 느낀 것은 소통이었다. 소통으로 이루어지는 길은 서로에게 막힘은 적어지고 즐거움은 더 커지는 일이었다. 나는 내가 얼마나 학교에 더 남아 있어야 되느냐의 바로미터는 소통의 질량에 달려 있다는 생각을 하면서 하루하루를 보냈다. 그래서 나의 정년을 상수가 아니라 변수로 설정했다. 어쩌면 소통의 배수진을 치고 도전과 응전을 나름대로 꾸려가고 있었다. 아이들이 나에게 소통의 향기가 없다고 했을 때가 정년이라는 배수진이었다.

그래서 내가 교생 선생님들에게 줄 수 있었던 가치도 소통하는 방법이었다.

자연 속 장미는 시간이 지나면 향기도 잃고 그 고운 꽃잎을 땅에 떨어트리면서 어제의 모습을 잊으라는 듯, 색도 초라하게 바래고 만다. 하지만 소통을 잘하는 선생님들을 보면 그런 법이 없다. 시간이 갈수록 관계의 끌림은 농후한 빛을 더 발하면서 달콤한 향기는 더 스멀스

멀 피어나고 있었다.

아이들이 언제나 그 선생님을 반긴다면 선생님이 소통의 향기를 뿜어내고 있다는 증거다. 그런 길을 걸으려는 노력이 즐거움이고 아이들과 함께 환한 미소를 짓는 것이 행복한 일이다.

오늘은 교생 선생님들이 교육실습기간을 다 채우기 하루 전날이다. 아이들은 벌써부터 헤어지는 아쉬움과 슬픔을 조금이라도 덜어보려는 연습을 하고 있다. '교생 선생님실' 앞에는 쉬는 시간마다 아이들이 진을 친다. 자기가 좋아하는 교생 선생님이 나오기를 기다리고 있는 것이다.

남자 체육 교생 선생님이 나오자, 은경이, 유선이, 선민이 외에도 네댓 명이 합류하며 빙 둘러쌌다. 내일 교생 선생님들이 떠나시기 전 조금이라도 아쉬움을 달래고 충격을 줄이려는 아이들이었다.

만남은 헤어짐을 배우게 한다지만 4주 동안의 정을 쉽게 떼기 어려운 것이 아이들의 감성이다. 그때 그런 아이들의 마음을 읽으며 측은지심의 심정으로 다가가는 선생님이 있었다. 아이들의 마음을 그들과 같은 눈높이에서 보려 하고 아이들의 입장을 자신의 마음처럼 생각하

는 선생님이었다. 측은지심이 최고의 소통 방법이라고
했다. 가던 발길을 멈추고 체육 교생 선생님과 함께 있
는 아이들 앞으로 다가갔다. 순희 선생님이었다.

"얘들아, 서운하겠구나!"

"네~"

"그런데 어쩌니! 내일이면 교생 선생님들이 가실 텐데."

아이들의 아쉬운 마음을 진정으로 공감하려는 말이었
다. 그런데 그때 의외의 상황이 발생했다.

"괜찮아요. 월요일부터는 순희 선생님이 있잖아요!"

교생 선생님 앞에서 조심스러웠을 법한 말이 스스럼없
이 튀어나왔다. 요즈음 아이들이 솔직한 성향이기는 하
지만 교생 선생님도 짐짓 놀라는 표정이었다. 교생 선생
님의 향기와 현직 교사의 향기가 공존하고 있었다. 그동
안 어떤 소통이 있었던 걸까?

나이는 숫자에 불과하다는 생각이 순간 스쳤다. 경쟁
력은 교육에도 있었다. 순희 선생님도 교생 선생님 앞이
라 순간 당황했지만 감동스런 표정을 숨길 수는 없었다.
행복은 소통이라는 등식의 믿음이 확연하게 드러났다.

오늘은 어느덧 교생 선생님들이 떠나는 날이다. 이별
준비로 교생 선생님실이나, 학생들로 가득 찬 교실이나

각기 다른 장소이지만 바쁘기는 마찬가지였다. 교생 선생님의 젊은 열정은 5월의 장미보다 붉었다. 나이가 들어가면서 조절하게 되는 열정이 아니라 4주라는 짧은 시간에 다 쏟아 붓는 열정이었다. 그리고 요즈음 교생 선생님들은 소통하는 수업도 알고 있었다. 아이들을 대하는 마음은 따뜻했고, 아이들과 눈높이를 맞추려는 모습은 노랑 장미처럼 편안하게 느껴졌다.

점심 식사 후 교내 산책을 하고 있을 때였다. 오늘은 교생 선생님들이 떠나는 오후 시간이다. 그런데 한 폭의 그림처럼 보이는 정겨운 장면이 내 시야에 들어왔다. 그리고 정지 화면처럼 멈추었다.

교생 선생님은 바닥에 앉아 있었고 벤치에는 4명의 아이들이 앉아 있었다. 교생 선생님은 아이들을 올려다보았다. 분위기는 진지했지만 흥겨운 담소를 나누는 장면이었다. 순간 나에게는 낯선 모습으로 비쳤지만 격의 없는 대화 모습은 아름다움 그 자체였다. 아이들의 진지함과 생글거리는 표정이 더욱 나의 마음을 움직였다.

즐거운 대화임이 틀림없었다. 아이들을 올려다보며 나누는 정은지 교생 선생님과 학생들과의 대화 장면은 신선했다. 무슨 이야기를 그렇게 재밌게 나누고 있는지 듣고 싶었지만 방해가 될까 봐 조용히 지나쳤다. 아이들이 바닥에 앉아 있어야 하고 교생 선생님이 벤치에 앉아 있어야 하는 고정관념과는 반대되는 모습이었다. 이런 모습이 젊은 교생 선생님들의 사고라는 생각이 들었다. 그것은 교육이 있는 곳에서는 고정관념 대신 새로움이 항상 풀풀하게 일어나야 한다는 깨우침의 모습이었다.

두 시간만 더 있으면 아이들은 교생 선생님과 마지막 시간을 보내며 회자정리를 하게 된다. 이별할 시간은 얼마 남지 않았다. 마지막 날 5, 6교시는 교생 선생님 대신 담당 교사들이 수업에 들어간다. 교생 선생님들이 떠나기 전 정리할 시간이 필요하기 때문이다.

5교시 2학년 여학생 반에 들어섰다. 종례 시간에 진행할 이별 준비로 분주한 모습이었다. 나름 성대한 행사를 통해서 헤어지는 아쉬움을 대신하려는 마음이 전해졌다. 인생을 알아가는 한 과정으로 본다면 이별은 소중한 시간이다.

남자 학급을 맡은 교생 선생님들에게는 살짝 귀띔을 해준다. 여학생 반하고 비교하지 마시고 큰 기대보다는 내가 무엇을 해줄 것인가를 먼저 생각하시라고. 남학생들은 여학생들과 달리 이별 행사 준비 없이 교생 선생님이 마련한 이별 행사로 마지막 시간을 보내는 경우가 많기 때문이다.

교생 선생님들도 어느 정도는 알고 있는 듯했다. 교생 선생님들은 대학생 신분이지만 선생님으로서 어떠한 이별 준비를 해야 좋을지에 대해 의미를 되새겼다. 교사는 무엇을 어떻게 아이들에게 줄 수 있느냐에 따라서 아이들에게 감동이 되기도 한다. 또한 그 감동으로 변화를 일으키고 성숙해지는 바탕이 되기도 한다.

남자 아이들이 이별 준비를 하지 않는다고 해서 정까지 없는 것은 아니다. 깊은 마음을 헤아리려고 노력할 때 알 수 있는데, 보이는 것이 전부가 아니라는 논거를 증명해주는 아이들이 또한 남학생들이다. 표현하는 방법을 잘 알지 못했을 뿐이지 알면서 하지 않는 것이 아니기 때문에, 먼저 베풀면서 가르쳐주어야 내면의 깊이를 드러내는 아이들이다.

나는 교실에 들어서면서 "안녕" 인사를 건넸지만 아이들은 평소와는 조금 다른 분위기였다. 나를 보고 수업 준비에 들어가는 것 같기도 했지만 무언가 엉거주춤했다. 달리 하고 싶은 것이 있어 보였다. 나는 일단 모른 체 하고 수업을 시작했다.

"자, 우리 지난 시간에 진로 선택에 대해 알아보았고, 이번 시간은 게임 활동을 하는 날이지요."

"예."

역사를 가르치지만 일주일 한 시간은 창체 시간으로 진로를 맡고 있다. 이 시간은 과목의 특성상 역사 수업보다 자유로운 내용으로 꾸며진다. 아이들은 방금까지 교생 선생님과 이별 행사를 하기 위해 준비했던 도구들을 손에서 내려놓고 있었다.

이때 '선생님 조금만 시간을 주시면 안 돼요?'라는 누군가의 말이 나올 법도 한데 어느 누구도 선뜻 요청하지 않았다. 두 시간 후면 교생 선생님하고 이별 행사를 갖게 되는데 아이들의 모습은 준비가 덜 된 엉거주춤한 상태였다. 그런데도 아이들은 게임 활동도 하고 싶었고 준비도 해야 하는 딜레마에 빠져 있는 듯했다. 내가 먼저 아이들의 마음을 헤아려 보았다.

"얘들아, 교생 선생님을 위한 이벤트 준비는 다 됐니?"

"아니요."

"그럼 5분만 정리할 시간을 줄까?"

"네, 좋아요."

"선생님, 고맙습니다."

너도 나도 아이들은 인사를 잊지 않았다. 시간이 주어지자마자 아이들은 숨 가쁘게 움직였다. 말이 5분이지 턱없이 부족한 시간이라는 것쯤은 나도 아이들도 알았다. 그러나 시간이 주어졌다는 사실이 반가웠던 것이다.

내가 5분을 준 것은 아이들의 반응을 살피면서 융통성을 발휘하려는 의도였다. 아이들은 일만 벌려놓았지 정리하려면 시간이 꽤 필요하다는 판단은 하지 못했다. 우왕좌왕하기도 했다. 체계적인 정리가 필요해 보였다. 나는 바로 생각을 바꿨다.

"자, 선생님이 한 시간을 다 줄 테니 회장이 앞으로 나와서 진행을 해봐요."

회장인 소연이가 나서서 회의 진행을 하니 질서가 잡히기 시작했다. 책상을 어느 방향으로 옮겨서 행사 공간을 확보할지, 촛불은 어디에 밝힐지, 교생 선생님은 어디로 모실지, 영상을 담을 사람은 누구이며 어떻게 할지, 팻말은 누가 들지, 어떤 노래를 부를지, 아직도 구체적으로 확정되지 않은 것들이 많았다.

브레인스토밍이 따로 없었다. 회장인 소연이의 주도로 자기들끼리 자발적인 브레인스토밍을 했다. 그런 가운데서도 친구들의 동의를 받지 못하는 의견은 묻히기도 하

188 **긍정 수업**

였다. 소수 의견으로 밀린 아이는 서운한 기색을 표하기는커녕 "얘들아, 미안!" 애교를 부리기도 했다. 웃음이 터져 나왔고, 축제 같은 준비였다. 이보다 더 자발적이고 재미있는 자치회의가 또 있을까 싶었다. 나는 잠시 말을 건넸다.

"얘들아, 선생님이 너희들을 지켜보면서 감동했다. 이것이 진정한 진로교육이라 생각했다. 이 교실이 이벤트 기획사처럼 느껴졌다."

"네, 맞아요."

"광고 회사에 취직하려면 이런 일을 많이 해야 해요."

순발력이 넘치는 말들도 쏟아졌다. 수연이의 또 다른 응수였다. 수연이는 이런 말을 어떻게 생각했을까 궁금했다.

"그래, 수연이 말이 맞다."

다시 아이들만의 준비가 이어졌다. 미래는 지식기반 사회가 아니다. 인공지능으로 치달으며 머지않아 인공지능의 위력 앞에 인간이 새로운 패러다임을 만들어내야 하는 상황이 현실이 되고 있다. 생각을 키우고 창의력을 가져야 한다.

미래에는 로봇이 인간의 일을 상당히 대신해 줄 것이

다. 그렇다면 인간은 일 대신 즐거운 일을 더 찾게 될 것이다. 사람을 즐겁게 해주는 재능을 가진 사람이 활동할 여지가 넓어지는 것이다. 교생 선생님에게 즐거움과 감동을 주려고 최선을 다하는 이 아이들의 모습이 바로 진로교육의 현장이란 희망을 품으며 나는 진지하게 이 광경을 지켜보았다. 아이들의 신나는 활동 모습을 보면서 자신들의 관심사에 대한 몰입도가 얼마나 강한지 느낄 수 있었다.

5분으로 시작한 준비 시간은 20분을 넘기고 있었다. 나는 교실을 순회하면서 활동적인 아이들의 모습을 가까이에서 관찰하였다.

"얘들아, 5분만 주려고 했는데 1시간을 다 주어도 부족하겠네."

"선생님, 죄송해요. 다음 시간부터 열심히 할게요."

수린이의 예의바르고 예쁜 말은 이 시간의 의미를 더해주었다. 아이들의 잠재력이 깨어날 준비가 되어 있었던 것이다. 하지만 내면의 재능을 깨고 나올 수 있도록 환경을 마련해주지 못한 지식 중심의 주입식 교육이 죄였다. 나 역시 그동안 지식 교육에 편향되어 아이들을 닦달하면서 성적에 무게 중심을 두고 아이들의 자발성의 잠재적 흥을 가두지 않았나 생각하니, 부끄럽지만 전율을 느꼈다.

그런데 갑자기 은결이가 손을 들었다.

"회장, 지금까지 결정된 것들은 정리 좀 하고 가야 할 것 같습니다. 산만해서 무슨 내용이 결정되었는지 모르겠습니다."

은결이의 건의에 많은 아이들의 고개를 끄덕였다. 보다 효율적인 회의 진행을 위한 은결이의 지적은 매우 적절했다. 소연이는 이를 제빨리 알아차리고 결정된 내용들을 칠판에 깔끔하게 정리했다. 회의 진행 내용이 한눈에 들어왔다.

소연이의 정리 능력 또한 남달랐다. 이를 지켜보면서 나는 특별한 팁을 주지 않았다. 아이들 스스로 의견을 창출하고 토론하고 선택하는 과정에 방해가 되고 싶지 않았기 때문이다. 아이들은 정리도 해가면서 질서도 규칙도 스스로 만들어나갔다.

어떤 노래를 불러야 할지도 신청을 받아 스스로 결정했다. 〈love, love, love〉, 그리고 〈당신은 사랑받기 위해 태어난 사람〉, 〈벚꽃이 지면〉 등이 선정 곡목에 올라왔다. 그런데 갑자기 생각이 났는지, 아영이가 〈교생 샘〉이라는 노래를 부르자고 제안하였다.

"그런 노래가 있었어?"

다를 놀랍고 신기한 표정이었다. 교생 선생님 행사에 〈교생 샘〉이란 노래가 안성맞춤이라는 생각이 들었기 때문이었다. 이어서 마무리 단계로 자리 배치를 칠판에 그렸다. 그때 수연이가,

"나 가운데 앞에 앉고 싶어. 교생 선생님을 가까이서 보고 싶단 말이야."

어리광 같은 수연이의 말투에 웃음이 나왔다. 어느 정도 정리가 끝날 무렵,

"선생님, 교생 선생님이 감동할 것 같아요?"

회장인 소연이가 나에게 물었다. 스스로 뿌듯함을 느끼고 행사 결과가 어떻게 될지 궁금했던 모양이었다.

"얘들아, 결과도 중요하지만 짧은 시간에 보여준 너희들의 진지하고 정성이 담긴 노력 그리고 회의 진행 모습 자체가 정말 감동적이었다. 교생 선생님이 이 과정을 아신다면 더 감동하실 거야."

아이들의 준비는 설렘의 시간을 기다리는 준비였다. 의미 있는 시간은 그렇게 지나고 수업 끝나는 종소리로 함께 마무리되었다.

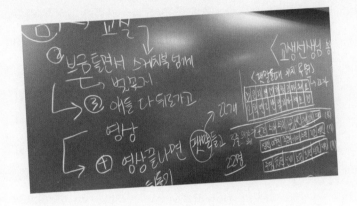

"여러분, 다음 시간에는 오늘 못 한 게임 수업을 하겠습니다."

"선생님, 사랑해요!"

두 손으로 큰 하트까지 만들어 보였다. 1시간 동안 나는 주도하지 않았다. 아이들이 스스로 만든 시간이었다. 그런데 아이들은 나에게 사랑한다는 감사의 표현을 해주었다. 아이들이 원하는 것이 무엇인지 무엇을 더 키워주어야 할지 깨달은 시간이었다.

아이들은 교생 선생님의 열정을 보았기에 스스로 반응한 것이다. 그리고 정성과 진지함으로 답한 것이다. 아이들은 준비를 하면서 교생 선생님을 끔찍하게 생각했다. 그리고 최선을 다해 준비했다. 이것이 소통이었다. 소통은 막힘이 없이 이루어지는 것이다. 교사의 열정은 소통을 여는 열쇠이기도 하다.

아이들의 마음을 내 마음처럼 느끼고 헤아려주는 것이 측은지심의 소통법이다. 아이들이 배고프다고 말할 때 내가 배고팠던 때를 생각하며 사탕 한 개를 내밀어 줄 수 있는 진정한 마음이 그 기초가 된다. 공부하느라 지쳐 있을 때 쉬고 싶다고 할 때, 공감해주는 것이 소통이다.

소통은 측은지심으로 접근할 때 반향도 크게 일어난다. 소통에서는 반전의 짜릿한 기쁨과 행복도 맛볼 수 있다. 공감해줄 때 지친 마음을 위로해 줄 때, 아이들은 에너지를 생성한다. 더 열심히 공부하고자 하는 마음도 자발성을 띠게 된다. 교생 선생님들의 열정에 반응하는 아이들을 보면서, 나의 열정도 식지 않아야 될 텐데라는 염려를 슬그머니 했다. 오늘도 아이들은 나에게 가르침과 자극을 함께 주었다. 교학상장은 항상 일어난다. 그동안 내가 주목하지 못했을 뿐이다.

교생 선생님들이 떠난 지 일주일이 되었다. 빈자리가 느껴지는데 아이들의 마음도 그럴 것이다. 나는 교생 선생님을 담당한 교사로서 전체 교생 선생님들에게 문자를 보냈다.

교생 선생님들이 떠나시고 1주일이 되어갑니다. 5월의 장미처럼 선생님들이 오셨고, 장미보다 더 강한 이미지를 남기고 가셨습니다. 4주간 쏟아 부은 사랑을 아이들이 오롯이 느끼고 교생 선생님들을 그리워하고 있습니다. 저 역시 느끼는데 아이들은 더 크리라 봅니다. 교생 선생님들의 열정과 사랑은 아이들에게는 성장의 밑거름으로 쓰일 것이라 생각합니다. 선생님들의 앞날에 축복이 있기를 진심으로 기원합니다. 내일 금요일 대학으로 실습록과 결과 보고서를 보내게 됩니다. 참고하여 주시고 이번의 경험이 삶에서 소중한 가치이자 재산이 되었으면 좋겠습니다. 선생님들의 사랑 감사드립니다.

- 교생 선생님 담당교사 주명섭 드림

'다워야' 아름답다

'교사다움'이 있을 때 아이들도 은연중에 등불로 삼게 될 것이고, 부족함을 깨닫고 '학생다워지는' 디딤돌이 될 것이다. 인내심과 기다림의 줄을 놓지 않고 교사다움으로 등불을 비춘다면 아이들도 반응한다.

사회인으로서 대부분의 삶을 흑석동에서 보냈다. 25년을 지냈으니 곳곳에는 세월만큼이나 정든 곳도 많아졌다. 지방에 다녀오다 흑석동 초입에 들어서면 낯익은 건물과 풍경들이 나를 반갑게 맞아주는 것만 같다. 중대병원이 있는 삼거리는 중심거리다. 하지만 신호등도 없는 2차로의 좁은 도로다. 횡단보도는 건너려는 사람들과 차량들로 항상 붐비고 엉킨다.

처음 오는 외지인이라면 무질서하다고 느끼는 곳이다. 하지만 이곳을 오가는 토박이들은 그렇게 생각하지 않는다. 일정한 패턴, 즉 차량이 우선이 아니라 사람이 먼저라는 관행 때문이다. 차량은 신경을 쓰지 않고 사람들은 횡단보도를 건넌다. 사람들이 꼬리를 물고 이어지니 차량들은 한참을 기다리기도 한다. 그렇다고 경적을 울리는 차량은 없다. 틈이 보이면 기다리던 차량들이 먼저 파고드는 쪽부터 소통이 이루어진다. 얼마 전 알고 지내는 지인이 흑석동을 처음 방문하고서 이러한 질서에 적지 않게 당황한 것 같았다.

"뭐! 이런 곳이 다 있나?"

긍정보다는 무질서해 보이는 부정적인 인상을 갖게 된 것이다. 이러한 문제 때문에 신호등 체계로 운영도 해보았지만 오히려 교통체증만 심해졌다. 횡단보도를 건너려는 사람들도 한참을 기다려야 하는 불편을 감수해야 했다. 양쪽 다 득보다 실이 많았기에 다시 점멸 신호등으로 바뀌었다. 보이지 않는 손이 작동하는 것처럼 신호등이 없어도 통행은 원만하게 이루어진다. 이러한 배경을 모르는 외지인의 눈에는 무질서로만 보이겠지만.

우리가 살면서 받는 오해로 인한 억울함도 바로 이런 것에서 비롯된 것이 많았을 것이다. 지인의 이야기를 들으면서 나도 얼마나 많은 오해를 하면서 살아왔을까? 이런 생각이 미치자 살아온 흔적 앞에서 미안한 마음이 들었다. 새삼스럽게, 관성이라는 것이 사람을 얼마나 둔하게 만드는지 생각까지 했다. 흑석동의 불편을 우리는 거의 느끼지 못하고 살았으니 말이다.

흑석동은 대학교와 병원, 그리고 주민들까지 합해져 유동인구가 많은 곳이다. 그럼에도 인도와 도로는 매우 좁으니 복잡하다. 재래시장은 북적거리고 다양한 상점들이 즐비한 가운데, 사람 사는 정이 물씬 풍기는 것은 복잡성의 결과로 얻어지는 긍정이기도 하다.

2차선 도로는 쉽게 무단횡단을 유혹한다. 조금만 걸으면 횡단보도까지 닿을 수 있지만, 편리함이 유혹한 것이다. 동네 주민들도 무단횡단하지만 지성으로 치장한 대학생들도 간혹 한다.

내가 몸담고 있는 중대부중은 5월이 되면 중앙대학교 교육실습생(교생)들로 북적인다. 꽉 채워진 꽃봉오리 5월의 장미처럼 에너지가 넘치는 젊은 교생 선생님들의 등장은 학교에 생기를 불어넣는다. 아이들은 설렘으로 교생 선생님들을 기다린다. 아이들에게는 희망이 쌓이는 5월이다. 많은 교생 선생님 중에서 서민우 교생 선생님은 강한 인상을 남겼다.

서민우 교생 선생님은 바쁠 때의 습관대로 무단횡단을 막 하려다가 접었다. '교생답게 행동해야지'라는 생각이 별안간 스쳤던 것이다. 아버지의 철학이 "~답게" "~다워야"였기 때문이었다. 우리도 끊임없이 들었던 말이다. 머리에 박혀 있지만 실천하지 못하는 숙제였다.

교생이라는 직분이 주어진 순간부터 "~답게"를 아버지께서 왜 그렇게 중요하게 강조하셨는지 아버지의 철학이 한순간 강한 힘으로 작용한 것이다.

교생 선생님다워야, 친구다워야, 형다워야, 언니다워야. 어른다워야, 부모다워야, 선생님다워야, 정치인다워야 여기에 한 가지 더 추가해야 할 일이 생겼다. 세상이 어수선하고, 어지럽고 혼란스러워 혼도 얼도 다 나갈 지경이었다. 이른바 '최순실 게이트'로 나라 전체가 분노로 들끓고 혼돈으로 뒤덮이고 말았다. '대통령다워야'라는 철학이 있었다면 하는 아쉬움을 대부분 사람들도 느꼈을 것이다.

서민우 교생 선생님의 아버지는 항상 '아버지답게'를 잊지 않으셨다고 한다. 아버지에게서 한 번도 실망의 그림자를 보지 못했다고도 했다. 아버지의 철학은 어떤 사람보다 실천력이 강했고 존경스러웠다. 아버지께서 물려주신 것은 재물의 중요함이 아니라 정신이었다.

서민우 교생 선생님의 아버지는 어떤 분일까? 사랑과 존경이라는 단어로 가정을 채우신 분이다. 행복한 향기로 집안을 감돌게 했다. 그 향기를 머금은 자녀는 친구들에게나 학교에서 따뜻함을 내뿜었고 그 주변에 웃음을 머무르게 했다. 행복한 사회는 공짜로 이루어지는 것이 아니라는 믿음은 이래서 더 커졌다. 가정은 사회를 형성하는 가장 중요한 시작점이다.

모든 교생 선생님들이 4주간의 실습을 마치고 썰물처럼 교정을 빠져나갔다. 교생 선생님들의 뒷모습을 보면서 아이들은 울먹이며 아쉬움을 보였다. 아이들은 만나고 헤어지면서 사람의 소중함을 알아간다. 진정한 인연과 스쳐가는 인연을 구별하면서 회자정리의 인생을 어렴풋이 터득하는 배움의 기회를 갖는 5월이다.

퇴근하기 전 나는 교실순회를 했다. 30여 명의 교생 선생님들이 모두 떠났다는 생각 때문일까. 학교는 썰렁했다. 5월 한 달은 아이들이나 교생 선생님들에게는 새로운 삶의 특별한 기간으로 열정이 넘치는 달이다. 그렇지만 지금은 교생 선생님들의 온기가 빠져나가고 교실 곳곳에는 공허함이 가득했다.

6시가 훨씬 넘은 시간, '교생 선생님실' 앞에서 나는 발걸음을 멈추었다. 한 달 동안 교생 선생님들의 교무실로 사용되었던 교실은 안개가 깔리듯이 이미 어두워지기 시작했다. 그런데 그 회색빛 교실 안에서 무언가에 몰입한 사람이 있었다.

그는 전등도 켜지 않은 채 교실 밖의 인기척도 전혀 느끼지 못하고 있었다. 대신에 몸과 펜은 일체가 되었고 정신은 몰입되어 누군가와의 진심어린 소통을 편지지에 빠르게 담고 있었다. 펜을 움직이는 손놀림은 무척 바빴다. 아름다운 몰입의 모습이었다. 어둠이 오는지도 모르고 불도 켜지 않은 채 무엇 때문에 저렇게 정성을 쏟고 있을까?

내가 교실에 들어서자 고개를 든 사람은 서민우 교생 선생님이었다. 가까이 다가가서 본 교생 선생님의 얼굴은 약간 상기되어 있었다. 뿌듯한 만족의 여정을 방금 전까지 즐기고 있었던 표정이 그대로 드러났다. 나를 반겼지만 미소는 어색했다. 혼자만의 시간이 들킨 듯한 마음이 일었기 때문일 것이다. 교생 선생님 얼굴에서 여러 속마음이 단박에 읽혔다.

"선생님, 어두운 데서 무얼 그리 열심히 하고 계세요?"

"아, 예."

몰입한 행위를 몇 마디 말로 정리하기 어려웠을 것이다. 책상에는 색상을 달리하는 편지지와 봉투들이 가지런히 놓여 있었다. 방금 전까지 마음을 담아냈던 편지에서 따뜻한 온기가 느껴졌다. 편지지에는 '현정이에게'라는 수신인이 적혀 있었다. 4주간 교생 실습을 하면서 정든 학급 아이들에게 전해주고 싶은 따뜻한 마음이 깨알같은 글씨와 함께 편지지에 고스란히 녹아 있었다. 정든 사람과 헤어지기 직전의 마음에는 가장 풍요로운 감성이 깃들어져 있기 마련이다.

불을 켜면 다른 사람들의 시선이 교실로 쏠릴까 봐 불도 켜지 않은 서민우 교생 선생님, 방해를 받지 않고서 조용히 아이들과 소통을 하고 싶었던 것이다. 이런저런 이야기를 나누다가 아버님의 철학이신 '~답게', '~다워야'로 화제가 옮겨졌다.

오늘로서 교생 실습은 끝났지만 아이들에게 편지 한 장 남기지 못한 것이 못내 아쉬웠던 것이었다. 그래서 다른 일을 다 물리치고 '~답게'라는 소재로 아이들 한 명, 한 명에게 손편지를 쓰고 있었다. 그런데 쓰면 쓸수록 먼저 썼던 아이들에게 미안한 마음이 든다는 것이었다. 나중에 쓰게 되는 아이들의 편지에 더 친밀하고 풍부한 내용들이 채워지고 있었기 때문이었다. 다시 쓰고 싶지만 어둠이 짙어질수록 조급해지고 아쉬움은 더 커졌던 것이다.

이보다 더 진솔한 휴먼드라마가 있을까? 이야기를 나누다가 감동했다. 눈시울이 붉어졌다. 이 마음을 함께 공유하고 있는 지금 이 순간이 가장 소중해졌다. 이러한 공유지가 세상에 많아지면 사회는 풍요로워질 것이다. 그러면 행복해지는 사회가 될 것이다.

'교사다움'이 있을 때 아이들도 은연중에 등불로 삼게 될 것이고, 부족함을 깨닫고 '학생다워지는' 디딤돌이 될 것이다. 인내심과 기다림의 줄을 놓지 않고 교사다움으로 등불을 비춘다면 아이들도 반응한다. 우리는 미미한 반응에는 그다지 관심을 갖지 않고 큰 반응에만 주목하려고 하기 때문에 등을 돌리는 아이들에게 책임을 묻는 일이 반복되고 있는 것이다. ~답게' 살아가는 사람은 얼마나 더 있을까? 나는 '교사다워야' 하는데 '교사답게' 살고 있는지 돌아보는 귀중한 성찰의 기회를 서민우 교생 선생님이 만들어주었다.

'아버지가 되기는 쉬우나 아버지답기는 어렵다'고 한

세링 그레스의 말을 되새기면서 나는 과연 선생님다운지를 다시 한 번 생각했다.

습관이 시작되는 곳

새로운 사유는 새로운 내용을 접할 때, 그리고
새로운 방법으로 접근할 때 가능하다.
그런데 독서와 대화하는 아이들에게서 그 모습이
나타난다. 그러므로 최상위권 성적과 사유의
폭넓음이 반드시 비례하지는 않는다.

주연이는 틈틈이 독서도 즐기고 글 쓰는 것도 좋아한
다. 그리고 어느 누구보다도 또래 아이들에게 인기도 높
다. 주연이가 좋아서 다가오는 친구들이 많다. 또래 아
이들은 주연이에게 무언가 매력이 있다고 한다. 또래 이
상의 품격이 느껴지면서 딱딱하지 않고 부드럽고 편안한
인상을 준다고 한다. 미소도 끊이지 않는다.

주연이는 학교에 오면 자발적으로 휴대폰을 가방에 넣
는다. 방과 후에 휴대폰을 받게 되면 주연이도 몰입하여
뭔가를 열심히 검색한다. 다르게 보이면서도 다르지 않

는 모습을 친구들이 좋아하는 것 같다. 이러한 남다른 모습은 어디에서 비롯된 것일까?

"주연아, 얼마 전 추천해줬던 책은 읽어봤니?"

"예, 읽었어요."

"느낌은 어땠어?"

조금 머뭇거렸던 얼굴에 다시금 미소가 번졌다.

"그 책을 읽고 나서 뭔가 편안해졌어요."

"음⋯⋯."

"매운 음식을 먹다가 우유를 마시는 기분이었어요."

주연이의 독서 감상 표현은 시적이었다. 주연이에게 영향을 준 매운 음식은 무엇이었을까? 주연이는 생각이 풍요롭다. 자신의 생각을 계속 수정할 줄 알고 스펀지처럼 좋은 생각들을 긍정적으로 빨아들인다.

이러한 주연이의 모습은 독서에 남다른 관심을 가졌던 환경에서 비롯되었다. 가정에서 습관이 시작된 것이다. 독서의 생활이 자연스러웠으며 부모님과의 대화는 독서의 내용을 체화하는 데 영향을 끼쳤다. 대화의 과정에서 사유의 힘도 키울 수 있었다. 남다른 모습으로 성장하게 만든 모멘텀은 독서가 그 시작이었다.

성적에 무게 중심이 쏠린 아이 중에는 인성과 예절 교

육이 본의 아니게 후순위로 밀려난 경우도 있다. 경진이 어머니는 시험공부에 방해되는 것은 무엇이든 주변 환경에서 없애려고 했다. 어머니는 수행평가까지 신경을 쓰며 챙겼다. 경진이에게 최선을 다하는 것이 성적 향상에 도움이 되고 그것이 성공하는 길이라고 생각했기 때문이었다. 하지만 성적 향상을 위한 우선순위 지향이 인격 형성에 어떠한 영향을 주는지에 대한 사유는 부족했다.

경진이는 그러한 어머니의 모습을 당연하게 받아들였고, 성적은 항상 최상위의 개념이었다. 경진이도 그러한 어머니의 기대에 부응하여 최상위의 성적을 놓치지 않았다. 반면에 자기중심적인 사고의 틀이 서서히 커지면서 그것이 자신을 가두는지는 알지 못하고 있었다. 자신의 생각은 매우 강해졌고 친구 관계나 생활 속에서 얼어나는 일들을 자신의 프레임으로만 해석하려고 하였다.

요즘에는 외둥이인 아이들도 많다. 부모님은 아이에게 부족하지 않도록 해준다. 하지만 혼자 있는 시간이 많아졌다. 초등학교 4학년 때였다. 갑자기 내린 비였지만 친구의 어머니는 우산을 가지고 학교로 왔다. 하지만 미영이 부모는 학교에 오지 않았다. 엄마가 올 수 없는 상황이었지만 그것은 중요하지 않았다. 상대적 비교에 따른 빈곤을 절대적 빈곤으로 느끼며, 미영이는 사람들이 알아볼 수 없는, 눈물인지 빗물인지를 흘리며 울면서 집으로 갔다.

삶의 우선순위 때문에 부모님이 불가피하게 늦게 귀가할 때가 많았다. 늦은 시간 부모님의 자동차 소리는 외로움을 보상받는 청량한 소리였다. 하지만 시간이 지날수록 반가운 마음은 점점 약해졌다. 혼자서 지내는 일에 미영이가 익숙해지기 시작했던 것이다. 피자도 먹고 치킨도 먹으면서 일상의 소소한 대화를 나눌 수 있었던 부모님은 미영이와는 소통에 문제가 없다고 생각했다. 하지만 미영이가 친구와 다투었던 이야기, 우울했던 마음과 요즘 힘든 내용은 부모님과의 대화에 등장하지 않았다. 미영이 안의 깊은 마음은 닫히고 있었지만 그러한 미영이의 마음을 부모님은 알지 못했다. 마음의 문은 닫히기는 쉬워도 열기는 어려운 법이다.

7교시까지 있는 날이면 수업이 끝나자마자 바빠지는 아이들이 많다. 학원으로 과외로 학습 계획이 맞춰져 있기 때문이다. 종례 시간도 빨리 끝내달라고 눈치로 재촉하는 아이도 있다. 6교시 수업이 끝나는 날은 간혹 열리는 학급자치회의가 학원 시간으로 무력화될 때가 있다.

항상 그렇지만은 않지만 우선순위가 성적에 맞추어져 있는 학생들이 주도권을 쥐고 있으면 더욱 그렇다.

"선생님, 저 학원 가야 되는데요."

"오늘은 7교시가 아닌데."

"6교시 끝나는 날은 그 시간에 맞췄어요."

앞만 보고 달리는 기관차 같다. 한두 명은 이런 말을 당연하게 주장한다. 학급자치회의를 공부의 범주로 생각하지 않는 아이들이다. 교과학습만 공부라고 생각하는 것이다.

왜 공부를 하는지, 왜 회의를 해야 하는지에 대한 사유는 부족하다. 아이들을 숨 가쁜 생활로 내몬 원인을 어디에서 찾아야 하나? 아이들도 그 길이 잘사는 길이라고 생각하고 있는 것 같다. 이런 아이일수록 사유해야 할 필요가 있는 영역을 싫어한다. 싫어한다기보다는 사유하는 힘이 약하다. 기회를 제공받지 못했기 때문이다. 교과학습 공부가 우선이고 그 지식을 이해하는 것을 최상으로 생각했기 때문이다.

과거에는 속도 경쟁이 중요했다. 하지만 4차 산업혁명 사회가 도래하면서 지식경쟁 외에 창의성이 더 절대적으로 요구되고 있다.

창의성을 기르는 일은 질문하는 일이고 질문하기 위해서는 사유하는 습관이 필요하다. 사유하는 습관은 대화에서 비롯된다. 그 역할의 최전선이 가정이다. 교육의 시작은 가정이다. 삶을 주도하는 습관의 출발점이 가정이기 때문이다. 습관은 쉽게 고치기 어렵다. 그래서 습관의 시작점이 중요하다. 유대인의 하브루타 교육이 이를 말해준다.

아이들을 살피면서 습관과 가정과의 상관관계가 매우 뚜렷하게 존재한다는 점에 주목하게 된다. 세상에 공짜가 없다는 것이 나의 일관된 지론이다. 어떤 내용을 어떤 방법으로 그리고 어떤 노력을 하는가에 따라 산출되는 결과는 당연히 다르게 나타난다. 이제 부모님도 공부를 해야 할 변화의 시대에 살게 되었다.

대화의 기술도 필요하게 되었다. 소소한 대화뿐만 아니라 사유하는 힘을 기르는 대화가 있어야 우리 아이를 다르게 성장시킬 수 있다. 사유의 힘이 있는 아이는 문제를 스스로 해결하는 힘도 강하다. 친구 따라 강남 가는 일도 하지 않는다. 4차 산업혁명 사회는 지식으로 완성되지 않는다. 따라서 교육하는 방식도 달라져야 함을 요구받고 있다.

요즘 아이들은 나에게도 공부하고 노력할 것을 요구한다. 두루뭉술한 지식을 원하지 않는다. 분명한 사례와 설명을 원한다. 질문할 준비도 되어 있다. 아이들은 준비되어 있지만 내가 부족하다는 생각을 할 때가 많아졌다. 질문하는 습관은 아직 약하지만 비상할 준비를 하고 있는 것이다.

기회를 주면 아이들은 질문을 쏟아낸다. 하지만 쏟아내는 질문에 내가 여유 있는 답변과 사유의 틀을 제시하지 못하면 아이들은 약한 반응을 보낸다. 이것은 나를 질책하는 자극의 반응이다.

생산적인 대화는 그냥 이루어지지 않는다. 사전 준비가 반드시 필요한 것이다. 단순 지식을 전달하는 것은 쉽다. 하지만 질문이 오가는 대화나 수업이 준비되어 있지 않으면 효과는 떨어진다. 아이들에게 무엇을 어떻게 해줘야 할지를 분명히 알고 있어야 효과적인 대화가 이루어진다.

줄 내용은 지식만이 아니다. 교과 공부 외에 소중한 것들이 많이 있다는 것을 깨닫게 해주는 것이 융합의 사유를 갖게 한다. 깨달은 만큼 세상은 더 넓어 보일 것이고 헤쳐 나갈 힘도 더 커지게 될 것이다.

사유하는 창을 가진 아이들의 공통점은 독서하는 환경에 있다. 부모님과 격의 없는 대화도 했다. 독서 방법도 부모님이 이끌어주었다.

"매운 음식을 먹다가 우유를 마시는 기분이었어요."

이처럼 깜짝 놀랄 만한 말들을 주연이는 곧잘 한다. 다른 아이들이 생각하지 못하는 표현들이다. 그래서 오히려 내가 대화를 요청하고 싶은 아이다. 가정에서 생활화된 대화 탓에 쑥스러움이나 부자연스러움도 적었다. 독서의 중요성을 어릴 때부터 알고 지냈다. 주연이뿐만이 아니었다. 비슷비슷한 생각에 머무르지 않고 다르게 생각하는 아이, 글의 표현이 독특한 아이, 그들의 공통점은 독서를 많이 했다는 것이다.

교과 지식은 같은 내용을 공유하는 것이다. 국어 교과에 나오는 지문에 능통하고 영어 단어를 외우고 수학 공식을 외우고 문제를 푸는 패턴은 아이들마다 크게 다르지 않다. 내용도 크게 다르지 않다. 따라서 방식과 사유도 크게 다르지 않게 된다. 새로운 사유는 새로운 내용을 접할 때, 그리고 새로운 방법으로 접근할 때 가능하다. 그런데 독서와 대화하는 아이들에게서 그 모습이 나타난다. 그러므로 최상위권 성적과 사유의 폭넓음이 반드시 비례하지는 않는다.

주연이의 풍요로운 사유는 독서와 대화에서 비롯되었다. 교과에서는 만날 수 없었던 사람들의 지혜를 책을 통해서 만난 것이다. 독서의 효과적인 방법도 잘 알고 있었다. 책을 많이 읽은 아이들 중에서 독서 효과가 미미한 아이는 독서 방법에 문제가 있다. 책상 앞에 많이 앉아 있어도 성적이 오르지 않는 현상과 같은 것이다.

"독서란 우리 주변에서 만날 수 있는 그 누구보다도 지혜롭고 훌륭한 사람들과의 대화다." 러스킨의 말이지만 그 뜻은 누구나 알 수 있다. 진리는 평범하다. 평범한 진리를 실천하는 일이 어려울 뿐이다. 이처럼 평범한 진리를 잘 실천하고 있는 아이 중 한 명이 주연이다.

'매운 음식을 먹다가 우유를 마시는 기분이었어요.'

정서적으로 얼마나 안정돼야 나올 수 있는 표현인지 다시금 생각하게 된다.

바다의 주인 고래를 보았다

중학교 2학년 4월 어느 날, 중간고사 시험을 코앞에
두고 있었다. 그런데 준비는 하지 못했다. 순간 걱정이
밀물처럼 덮쳤다. 공부를 왜 하지 않았는지 후회와 자책
감이 짓누르기 시작했다. 처음으로 느끼는 불안감이 엄
습했다. 극복하기도 힘든 상황에 빠졌다고 생각했다. 물
통에 빠진 생쥐처럼 나 자신이 무기력하고 초라해졌다.
피할 수 있는 일이라면 피하고 싶었다. 숨을 수만 있다
면 잠시 숨고 싶었다.

그런데 긴 한 숨을 몰아쉬며 창밖으로 고개를 돌렸을

때였다. 따뜻한 봄빛이 나를 어루만지고 있었다. 막 피어난 연둣빛 나뭇잎도 싱그러웠고 나뭇가지 사이에서 이름 모를 새 한 마리는 푸르르 힘찬 날갯짓을 하였다. 푸른 하늘로 치솟은 새는 자유로운 몸이었다. 걱정도 없어 보였다. 그 새는 자유로운 세상으로 나를 이끌었다.

'맞다! 나는 시험만 잘 보는 기계가 아니다.'

'나도 자유로운 새가 되어보자!'

중간고사 첫날 시험을 포기하고 저금통을 털어서 기차 여행을 떠났다. 시험은 잠시 잊기로 했다. 걱정도 하지 않으려 애썼다. 최고조로 격한 감정에 분노까지 치솟았을 부모님의 모습도 떠올리지 않았다. 기차 소리는 시간이 지나자 신기하게도 나의 마음을 조금씩 누그러뜨렸다. 기차가 서울에서 멀어질수록 마음은 편안해졌다. 복잡한 것을 잊을 수 있는 여유가 생겼고 버릴 수 있는 용기도 생겼다.

한적한 바닷가에 다다랐을 때 바닷가 내음은 나의 마음을 더 단순하게 만들었다. 바다는 나를 이끌었고 뻥 뚫린 수평선 너머로 꿈도 그리게 했다. 바다 건너 세상이 궁금했고 아름다운 상상도 했다. 저렇게 큰 바다에서 자유롭게 헤엄치는 고래 한 마리는 거대한 바다의 주인이었다. 불현듯 나도 고래처럼 세상의 주인이 될 수 있다고 생각했다.

'그래! 점수가 아니었다. 영혼을 담은 꿈을 갖고 노력해보자! 숫자 욕심을 부리는 공부가 아니라 나의 꿈을 이루기 위한 공부를 하자! 나의 꿈을 당당하게 말하자!'

생각이 바뀌자 부모님의 성난 모습도 환한 미소로 바꿀 수 있을 것 같은 자신감도 생겼다. 만용이라고 해도 좋았다. 화약고 같은 집으로 향할 수 있는 용기도 생겼다. 나를 이렇게 인식해보기는 처음이었다.

그날 저녁 부모님에게 인정사정 볼 것 없이 호되게 혼난 일은 악몽이었지만 지금 돌이켜보면 그것도 한순간이었다. 나의 마음은 그날 이후로 더 강해지고 행복해졌다. 숫자를 높이려는 공부만 하는 삶이 아니라 꿈을 갖고 행동하는 나의 모습을 보고 부모님이 칭찬해준 것은 한참 뒤의 일이었다.

일탈의 여행으로 새로운 풍경을 보면서 새로운 눈을 가질 수 있었다. 떠날 때는 무척 빈곤했지만 돌아올 때는 작은 풍요로움을 담아올 수 있었다. 혼란스러웠던 마음은 서서히 정리가 되고 군데군데 비워져 있던 마음의 웅덩이도 조금은 메워지고 채워지는 듯했다. 풍요로움의 시작이 무엇인지 알게 되었다. 일탈은 나를 찾고 꿈을 가지면서 마무리되었다.

지금까지 만우절에서 바라본 가상 일탈이었다. 아이들이 자신을 표현한 만우절에 있었던 이야기이다. 엉뚱하지는 않았지만 실제 있었던 비슷한 사례를 가지고 각색한 것으로 아이들은 자유로운 일탈을 꿈꾸고 있었다.

아이들은 힘들어한다. 엄청난 학습량이 기다리고 있다. 재미와 창의성을 강조하는 교육이기보다는 지식이 강조되는 학교 교육은 억지로 밥을 꾸역꾸역 먹이는 모습으로 비칠 때도 있다.

아이들은 학교와 학원을 오가는 스케줄에 익숙해져 있다. 어쩌면 길들여지고 있다. 다른 생각을 할 겨를이 없다. 그러니 기존의 환경에 익숙해져서 대부분 같은 생각을 하고, 같은 길을 따라서 걸어가는 아이들이다. 그래서인지 글쓰기 심사를 해보면 자신만의 생각이 도드라지는 아이를 발견하기가 쉽지 않다.

기성세대들이 아이들에게 무슨 짓을 하고 있는 것인지, 마음이 답답해지면서 미안한 생각마저 든다. 우리들이 만든 제도로 아이들을 학대하는 것은 아닌지 먹먹해질 때가 있다. 반항할 힘도 반항할 논리도 갖추지 못한 아이들이다. 그래서 반항보다는 순응하는 것이 사는 방법이라고 생각한다. 순응하지 못하고 적응하지 못하는 아이들은 문제아로 낙인찍히기도 한다.

보다 나은 방법으로 아이들에게 재미를 줄 수는 없을까? 몇 개의 지식 저장보다는 하나의 자기 생각을 갖도록 해주는 것이 필요하다. 몇 개를 가르치는 것보다 하나를 생각하게 만들어야 한다. 생각이 새로운 지식을 만들어내는 씨앗이 되기 때문이다. 그 시금석의 징표는 재미있다고 말하는 아이들이 많아지고 질문을 해대는 아이들이 많아지는 것이 될 것이다.

지식이 많은 것과 생각이 많은 것은 다르다. 지식을 쌓아가는 아이보다 생각을 많이 하는 아이들이 더 행복하다고 느낀다. 우리나라의 교과 학습량과 난이도가 너무 높다보니 창의성 교육과는 거리가 멀어진다. 교육 당국의 현안이다. 하지만 그 문제점을 아는지 모르는지 해결책은 요원해 보인다.

아이들의 일탈을 꼭 부정적인 시선으로 바라볼 필요는 없다. 일탈의 경험을 어쩌면 격려해주고 그 경험이 바른 방향으로 쓰일 수 있도록 에너지를 만들어주는 것이 중요하다. 엉뚱한 발상을 격려해주는 것이 상상력을 높이는 일이고 창의력을 키우는 일이기도 하다.

에디슨의 상상력과 호기심 그리고 엉뚱함을 제도권 교육은 감당하지 못했다. 그래서 미국 교육은 변화를 거듭해 왔다. 엉뚱함의 크기에 비례해서 세상은 변화했고 발전했다. 같은 생각을 하고, 같은 내용을 공부하고, 성적 높이는 일에 똑같이 골몰하는 똑같은 아이들이 아니라 서로 다른 생각을 하는 아이들이 많아져야 한다. 4차 산업혁명 사회로 진입하는 지금은 더욱 그렇다.

유대인 부모들은 자녀가 학교에서 돌아오면, 으레 하는 우리와는 다른, 평범한 인사를 한다.

"우리 딸, 우리 아들 오늘은 무슨 질문을 했을까?"

유대인이 세계 인구의 0.2%에 불과한 비율로 전체 노벨상의 30%가량을 수상했다는 것은 우연이 아니다. 그것은 교육 과정에서 비롯된 필연적인 결과이다. 우리 아이들은 질문을 망설인다. 내가 하는 질문을 다른 아이들이 어떻게 생각할지를 미리 고민해서 용기를 잃는 것이다. 공부를 잘하는 아이들도 마찬가지다. 비교의 프레임이 자리 잡고 있기 때문이다. 분명 아이들이 스스로 그런 결과를 가져온 것이 아니다. 질문에는 높고 낮음이 없다는 것을 깨우치게 해야 한다. 질문하는 사람은 질문하지 않는 사람보다 앞서가는 일임을 알게 해야 한다. 질문하는 내용을 존중해주고 정성껏 토의가 이루어질 수 있도록 환경을 만들어주고, 답을 스스로 찾아내도록 안내해주어야 한다. (『행복수업』, '장영실과 장보고는 형제야?' 50~59쪽 참조)

성공한 사람들 중에는 청소년 시기에 결코 평탄하지 않았던 사람들이 참 많다. 문재인 대통령도 학창시절 담배를 피운 일로 징계를 받았다고 한다. 담배를 피웠다는 행위와 잘못에 초점을 맞춰 아이를 바라본다면 아이는 달라지기 어렵다. 아이가 무슨 생각을 하는지, 무슨 생각을 해야 하는지에 관심을 갖고 격려와 칭찬을 해주어야 아이가 담배를 끊고 달라질 수 있다.

단점보다 장점을 더 크게 보려고 할 때 칭찬이 가능해진다. 칭찬은 장점을 키우고 단점을 작아지게 만든다. 장점으로 단점을 제어하는 것이다. 기다리고, 인내하고, 배려하는 마음으로 장점을 칭찬하면 아이들의 자존감은 커지고 아이는 오히려 단점을 고치려 든다. 당연히 짧은 시간에 변화하지 않기에 한없는 인내가 필요하다.

에디슨의 엉뚱한 행동에 모두가 이상하다고 놀렸지

만 에디슨의 어머니는 낙심하거나 아들의 행동을 나무라지 않았다. 대신에 아들의 남다른 장점을 찾기 시작했고, 그것을 알아봐주고 격려해주는 것이 자녀 사랑이라고 생각했다.

일탈은 행동으로 이어지기도 하고, 마음속에서만 일어나기도 한다. 나는 일탈하고 싶은 내용을 마음껏 글로 표현해볼 수 있는 시간을 주었다. 아이들의 개성은 이때 더 도드라진다. 자유롭게 솔직하게 자신의 마음을 쏟아내는 것이다. 아이들이 자신을 표현할 기회는 많을수록 좋다.

일탈은 오히려 훌쩍 성숙해지는 기회이기도 한다. 사후 지도가 잘될 때 더욱 그렇다. 일탈은 가던 길을 멈추고 새로운 길을 모색하는 시작점일 수 있다.

나는 중간고사를 거부하고 일탈을 했던 아이에게 새로운 출구를 열어주는 것이 나의 역할이라고 생각했다. 어머니를 설득했다. 나보다 더 가까이 아이들이 마주하는 하는 것은 가정이기 때문이다. 가정에서 협조하지 않으면 성공하기 어렵다. 어머니는 결국 나에게 "선생님, 제가 중학교를 다시 다녀야 할 것 같아요."라는 말로 이해를 해주었다. 질책보다 이해하는 마음으로 출구를 열어주면 오히려 빠르게 치유가 될 수 있다. 빠르고 건강한 치유는 현상을 이해해주고 다른 길도 있음을 알게 해주고 열어주면서 기다려주는 일이다. 질책만 하면 반성보다는 반작용이 더 크게 일어난다.

3학년이 되어서 이 아이는 빠르게 적응하고 있었다. 집중력도 더 좋아졌고 아픈 만큼 성숙해졌다. 가정이나 주변에서 출구를 잘 열어주었기 때문이다. 감사하는 마음도 갖게 되었고 목표도 더 뚜렷해졌다.

'청소년은 자기 삶의 주인이다.'

청소년헌장 첫 구절이다. 청소년들이 자신의 삶을 창의적으로 살아가도록 디딤돌이 되어주는 일은 어른들의 생각이 바뀌어야 가능해지는 일이기도 하다.

눈은 감성을 깨웠다

눈이 내리지 않는 내일은 내가 눈이 되어
아이들을 즐겁게 해주어야겠다고 다짐한다.
하늘에서 내리는 눈처럼 위대하지는 않겠지만
내가 만들어야 할 눈은 무엇이어야 할까?

밤새 내린 눈은 앙상한 나무의 맨살에 하얀 옷을 입혔다. 순백의 세상은 마음까지 정화시키는 선물이었다. 하늘의 고마운 선물이다. 펄펄 눈이 내리는 날에는 아이들도 아우성을 친다.

눈길을 헤쳐 나가야 하는 부담으로 출근길을 서둘렀다. 학교는 이미 온통 새하얀 옷으로 갈아입은 뒤였다. 어제보다 교정은 평온했다.

수업시간에 눈이 중심 화제가 되었다.

"지영아, 함박눈을 보면 기분이 어떠니?"

"마음이 밝아져요."

"여러분들도 그래요?"

지체 없이 가은이가 말을 받았다.

"환해져요."

"그리고 기분도 좋아져요."

아이들의 말문이 터지기 시작했다. 아이들은 수업에서 탈출할 수 있는 기회를 찾고 있었다.

"다른 사람들도 같은 마음이니?"

나의 말을 한참 생각하더니,

"음~."

"내가 천사가 된 것 같아요."

지은이의 특유의 발랄함이 거침없이 드러났다.

천사란 말에 옆에 있던 진아가 계속해서 거침없이 비아냥거렸다. 수업시간은 눈에 대한 이야기가 꼬리에 꼬리를 물었다. 그러면서 교과수업과는 점점 멀어지고 있었다.

'하늘에서 내려준 함박눈으로 우리는 지금 즐겁다'라는 문장을 칠판에 초성으로만 적었다. 아이들은 퀴즈에 빠져들었다. 평소대로 4명이 짝이 되어 먼저 맞추려고 조별 경쟁을 치열하게 벌였다. 초성 퀴즈는 아이들이 가장 즐거워하는 놀이 중 하나이다. 언어적 사고력 확장에 도움을 주기에 나도 즐겨 사용하는 놀이다.

초성 퀴즈가 끝나고 밖을 보니 함박눈은 자신의 존재를 더 과시하고 싶은지 시야까지 가리며 탐욕스러울 만큼 커다란 눈꽃송이로 쏟아졌다. 잠깐 사이에 눈이 수북이 쌓였다. 쉴 새 없이 쏟아지는 함박눈에 아이들은 환호성을 터트렸다. 하지만 나는 아이들과는 동떨어진 걱정을 하고 있었다. 이 기세라면 교통 대란이 일어날 것 같았기 때문이었다.

쉬는 시간이 되자 의기투합 잘하는 1반 아이들이 눈싸움을 위해 운동장으로 가려고 복도를 빠져나가고 있었다. 남보다 빠른 걸음들을 재촉하다가 열음이가 훌러덩 넘어졌다. 하지만 열음이는 벌떡 일어나 쓰레받기를 다시 주워들고 밖을 향해 달려 나갔다. 넘어졌지만 넘어진 사람이나 주변 친구들이나 걱정은 하지 않았고 웃기만 했다.

아이들은 걱정이 많았던 나와는 달랐다. 6살 유치원생은 하루에 300번 웃지만 성인들은 15번에 그친다는 연구 결과가 있었다. 아이들의 얼굴에서 선하고 밝음이 느껴지는 것은 많이 웃어서 그럴 것이다. 나 역시 필요 이상으로 걱정을 많이 해서 웃음을 줄이고 있는 것이 아닌가 싶었다.

웃는 것만으로도 즐거운 마음이 깃들고 행복해질 수 있는데 웃을 일을 줄이고 있는 것이다. 상황이 바뀐 것이 아니라 나 자신이 바뀌고 있었다. 아이들과 눈높이를 맞추려면 작은 일에도 함께 웃어야 했다. 웃음은 즐거운 마음을 되돌려주는 것이었다.

걱정을 줄이고, 많이 웃자. 마음이 편해야만 웃는 것은 아니었다. 편안한 마음 때문에 웃는 것이 아니라 그냥 웃었다. 어두운 그늘은 줄어들고 즐거운 마음은 서서히 넓어졌다. 마음을 환하게 바꾸는 것은 그냥 웃는 일이었다. 넘어지면서도 웃는 아이들을 보면서 행복의 근원을 깨닫게 되었다.

무서울 정도로 쏟아진 것만큼이나 눈은 많은 것을 안겼다. 나는 눈 내리는 장면을 바라보려고 했지만 아이들은 눈과 하나가 되고자 뛰었다. 누가 더 행복한가? 아이들의 하나가 되고자 하는 행동이 나를 변화시키고, 홀로가 아닌 함께의 삶이 더 큰 즐거움이라는 것을 깨닫게 했다. 열음이는 넘어지면서까지 다시 챙겼던 쓰레받기로 누구보다 빨리 많은 눈을 모았다. 자신이 좋아하는 일을 할 때는 누구보다 잘할 수 있는 능력이 솟아난다는 사실을 열음이를 보면서 다시금 깨달았다.

눈은 아이들의 감성을 깨우는 매개체였다. 눈이 매개가 된 오늘은 눈사람과 아이들 때문에 마음이 넉넉해지고 즐거워졌다. 내일은 눈이 내리지 않을 것이다. 어떤 무엇이 즐거움을 대신할 수 있을까? 눈이 내리지 않는 내일은 내가 눈이 되어 아이들을 즐겁게 해주어야겠다고 다짐한다.

하늘에서 내리는 눈처럼 위대하지는 않겠지만 내가 만들어야 할 눈은 무엇이어야 할까? 아이들의 마음을 헤아려주는 것이 그 시작일 것이다. 아이들과 함께 환호성을 지를 내일을 준비해야겠다.

부정의 마음을 줄이다

『칭찬은 고래도 춤추게 한다』. 칭찬과 관련하여 사람들 입에 이렇게 많이 회자된 책도 드물다. 칭찬은 사람의 마음을 출렁이게 하는 놀라운 마력을 가지고 있다.

별로 칭찬을 받아본 적이 없었는데 자신을 인정해준 칭찬의 말을 진심으로 전해듣고 존재감을 느꼈다는 승일이, 칭찬을 받고서 즐거운 하루가 되었다는 혜림이, 학교에서 받았던 칭찬을 부모님에게 자랑했다는 정수. 칭찬 한마디로 변화를 겪은 아이들이다. 칭찬을 할 때는 내용이나 시기 그리고 방법까지 고려해야 한다. 하지만 칭찬

은 감정의 반전을 일으키고 정서적 양지를 더 넓히기도
한다.

　나는 예의 바르게 인사하는 아이, 태도가 달라진 아
이, 자주 웃어주는 아이, 휴지를 줍는 아이, 친구를 도
와주는 아이, 무언가에 몰두하는 아이, 사색에 빠진 아
이, 운동을 열심히 하는 아이, 나의 도움이 필요한 아이,
그리고 시무룩하고 혼자서 외로워 보이는 아이들에게 더
욱 주목한다. 칭찬과 격려의 말은 이런 아이들에게 자주
한다.

　내가 아는 아이이건 모르는 아이이건 나는 가리지 않고
그 아이들을 칭찬한다. 주목하고 포착이 되는 데로 다가
간다. 그러니 어떤 아이를 내가 칭찬했는지 일일이 기억
할 수도 없다. 한참 지난 후 시험 감독을 하러 오신 부
모님에게서 내가 누구를 칭찬했다는 사실을 그제야 알
게 되는 경우도 있다.

　"우리 아이가 복도를 지나가다가 선생님이 칭찬을 해
주셨다고 크게 고무되어 집에 와서 자랑을 했어요."

　그 아이는 분명 그 순간 칭찬을 받을 만한 행동을 하
였다. 부모님의 이러한 말을 들으면 칭찬의 매력이 어떤
지 다시금 생각하게 된다. 한참 만에 전해들은 이러한

메아리는 칭찬의 강한 순환 에너지를 느끼게 한다. 행복은 주는 쪽이 더 많이 느끼는 법이다. 감사하다는 말을 부모님에게서 전해 들으면 오히려 쑥스럽다. 내가 준 것보다 더 큰 감흥을 느끼기 때문이다.

칭찬도 하면 할수록 구체적으로 포착하는 안목과 아이에게 영향을 줄 만한 상황 멘트도 늘게 된다. 칭찬할 때는 함께 즐거워진다. 부정의 마음을 줄이고 장점을 키우는 것도 칭찬의 효험이다. 칭찬을 받으면 단점이 바뀌게 된다. 자신도 몰랐던 장점을 발견하고 칭찬까지 받았으니, 긍정의 에너지가 채워지는 것이다.

"선생님, 감동이에요."

나의 말은 한마디였지만 이를 들은 아이들의 마음은 크게 요동쳤다. 칭찬을 받았던 아이 중에서 삶의 목표나 생활 패턴 변화에 동인이 생겼다는 아이를 보게 되면 칭찬에 대한 경외감마저 느끼게 된다.

우리 반 모두는 부장이다. 하고 싶은 부장과 역할을 자신이 고른다. 인기 있는 부서는 경쟁이 심하다. 우리 반 학습부장은 공부를 잘하지 못한다. 칠판에 27명의 부장 리스트를 붙여 놓고 선택하도록 했으나 발 빠른 아이들이 먼저 선점하였다. 결과를 보니 학습부장 자리

하나만 빈 공간으로 남게 되었다. 올해는 학습부장이 인기가 없었다. 수동이만 아직 선택을 못하고 있었다. 수동이가 학습부장을 선택하면 빈자리는 채워진다. 수동이에게 나는 간곡하게 제안을 했다.

"수동아, 한 자리밖에 안 남았는데 학습부장을 맡으면 어떻겠니?"

수동이는 의외로 순순히 고개를 끄덕였다. 학습부장은 말 그대로 공부와 관련된 직책이다. 따라서 어느 정도 학습 능력이 요구된다. 나는 수동이의 학습 능력을 전혀 알지 못한 채 제안을 했다. 수동이의 성적을 알게 된 것은 교무실에 내려와서 성적을 확인하고 나서다. 성적은 최하위 그룹에 속해 있었다. 순간 '아차' 하는 생각이 급습했다.

고정관념으로 생각한다면 수동이는 학습부장을 맡으면 안 되는 성적이었다. 학습부장은 학습 정리와 시험 정보 제공 등 멘토 역할을 하는 자리였다. 그렇다고 학습부장을 바꾸게 되면 수동이는 상처를 받을 것이다. 내가 항상 아이들에게 강조했던 말이 있다.

"고정관념을 자주 비우고 다르게 생각해봐라. 그러기 위해서는 본질에 접근해보라."였다. 그래, 다르게 생각해

보자. 수동이에게 학습부장을 맡기자. 내신 수동이가 할 수 있는 역할을 주자. 남학생들은 알림장도 사용하지 않는다. 당연히 깜박 잊고 숙제와 수행평가를 제 날짜에 제출하지 못하는 아이들이 많다. 숙제가 있었다는 사실을 까맣게 잊고서 다음 날 학교에 오는 아이들도 많다.

그렇다. 나는 아이디어를 얻었다. 수동이에게 임무를 주자. 매일 종례 시간에 아이들에게 과제 내용과 제출 날짜를 친구들에게 알리는 역할만 주자. 이는 수동이가 수업 시간에 집중할 수 있는 기회도 마련해주는 일이라고 생각했다. 수동이가 수업 시간에 집중해야 과제를 알 수 있기 때문이다. 이 정도 임무는 수동이도 할 수 있다고 판단했다. 그러나 수동이는 이것마저 버거워했다. 주도적으로 무언가를 해본 적이 없는 아이였다. 자신의 간단한 의견조차 말하지 않으려는 소심한 아이였다.

그래서 나는 수동이가 종례 시간에 과제에 대해 말할 때 회장과 함께 하도록 제안을 하고 용기를 갖도록 배려했다. 그런데 매일 옆에 서 있기만 했지 회장이 수동이의 임무를 대신하고 있었다. 정작 주체적으로 나서야 할 수동이는 지켜만 보았다. 그렇게 10여 일이 지났다. 여전히 수동이는 꿔다놓은 보릿자루 같았다.

그런데 4월 5일 종례 시간에 변화가 일어났다. 수동이가 다음 날 과학 체험의 날 준비할 사항을 친구들에게 설명을 하였다. 이어서 회장이 나머지 이야기를 덧붙였다. 수동이의 말에 순간 아이들은 집중하였다. 발표가 끝나자 나는 아이들을 주목시켰다.

"여러분, 수동이가 학습부장으로서 과학의 날 준비 사항을 전달해주었습니다. 잘 지켜주기 바랍니다. 자신의 역할을 잘해준 수동이에게 박수를 보내줍시다."

남자 아이들은 환호성을 지르며 박수를 보냈다. 수동이는 그냥 보름 동안 서 있었던 것이 아니었다. '내가 학습부장인데 나도 역할을 해야지.' 하는 마음의 담금질을 하고 있었던 것이다. 칭찬이 수동이를 고무시켰는지 얼굴이 발그레해졌다. 용기를 갖게 될 때까지 그리고 행동으로 옮길 때까지 기다려주고 도와주는 것이 답이 될 때가 참 많다.

다음은 칭찬부장이 발언할 차례가 되었다.

"오늘 저는 칭찬할 사람을 관찰하지 못했습니다. 제가 조금 게을렀던 것 같습니다. 혹시 칭찬할 사람을 발견한 사람은 저 대신 말씀해주세요."

"없습니다."

아이들이 응답하였다. 칭찬부장은 이처럼 에둘러 표현하지 않고 자신이 하고 싶은 말을 있는 그대로 곧잘 이야기하는 유들유들한 아이다.

어제만 해도 칭찬할 사람과 성찰할 사람이 3명이나 있었는데, 오늘은 조용하다. 어제 원석이는 성찰해야 할 친구들을 지목했다. 수업시간에 떠들어서 선생님에게 지적을 당했고 반 아이들에게도 피해를 주었던 것이다. 내일부터는 수업시간에 조용히 해주기를 바라면서 오늘의 성찰 주인공으로 지목하였다. 이 시간은 혼나는 시간이 아니다. 친구의 충고를 받아들이고 자신이 성찰을 해야 하는 것인지 아니면 오해가 있었는지, 억울한 일은 없는지를 말할 수 있는 시간이다. 그래서 스스로의 발전을 도모하고 공동체인 학급의 발전을 위해 함께 노력하는 시간이다.

"또 칭찬할 사람이 있습니다. 찬식이입니다."

아이들 스스로 칭찬을 하지만 이번 칭찬은 내가 나섰다. 지갑을 잃어버린 찬식이가 오늘 찾게 되었다는 이야기를 하였다. 학교 밖에서 잃어버렸는데 누군가 고마운 사람이 일부러 학교까지 찾아오셔서 수위실에 맡기고 갔다는 것이다. 다행히 수첩에 인적사항이 담겨 있었기에 담임인 나에게까지 전달될 수 있었다. 나는 마침 교무실로 들어선 찬식이를 불렀다.

"찬식아, 지갑 잃어버렸니?"

찬식이는 학교 밖에서 잃어버렸기에 찾을 가망이 없다고 판단하였고 포기했었다. 뜻밖의 소식에 찬식이는 오히려 의아해했다. 더구나 5,000원까지 그대로 있었다. 찾아준 사람의 따뜻한 선행이 온전히 마음에 와 닿았다.

"찬식아, 이분, 참 고마운 사람이다."

그러자 찬식이는 한 술 더 떴다.

"선생님, 진짜 고맙네요. 5,000원은 그분에게 드리고 싶어요."

너무나 멋진 생각이고 고마움을 진심으로 새길 줄 아는 마음이었다.

"찬식아, 너 진짜 멋있는 생각과 마음을 가졌구나."

"어떻게 그런 생각을 했니? 마음이 참 예쁘네."

나는 지갑을 찾아준 고마운 분과 찬식이의 마음을 함께 아이들에게 칭찬으로 전해주고 싶었다.

"자, 우리 함께 칭찬해줍시다."

아이들도 사연이 놀랍게 느껴졌나 보다.

"와아!"

우렁찬 탄성이 쏟아졌고 아낌없는 박수까지 보태졌다.

"마지막으로 칭찬할 사람이 또 있습니다."

이번에도 내가 나섰다.

"며칠 지났지만, 미처 칭찬을 하지 못했습니다. 오늘 칭찬합니다. 성진이입니다. 며칠 전 청소할 때 본 사람은 느꼈을지 모르지만, 청소 후 흩어져 있었던 청소 도구들을 시키지도 않았는데 가지런히 정돈을 하는 모습을 보았습니다. 선생님의 눈과 마음까지 정갈해졌습니다."

짝짝짝!

아이들의 박수는 준비된 것처럼 알아서 터졌다.

"오늘은 칭찬을 받게 된 내용들이 참 좋습니다. 여러분, 내일부터는 나도 동참하겠다는 마음을 가지고 스스로에게 칭찬의 박수를 보냅시다."

아이들의 박수는 어느 때보다 더 크게 들렸다. 아이들이 대견해서 사탕을 한 개씩 나누어주었다. 사탕 하나에 아이들이 더 크게 환호성을 질렀다.

칭찬을 받는 아이는 다른 사람을 칭찬하는 데에도 인색하지 않다. 칭찬은 상대를 존중하는 마음을 키우기도 한다. 칭찬으로 긍정의 기운을 넓히면 부정의 자리는 그만큼 줄어든다. 수양의 과정이기도 하다. 아직 시간은 많다. 칭찬의 햇살을 많이 쐬게 해서 아이들에게서 부정의 그림자는 엷게 하여 즐거운 학급을 만들어 나가려고 한다.

철이 들어가는 나이

중2 때 조급하게 밀어붙이면 역반응이 일어나는
경우가 많다. 감싸주려는 노력과 기다림을 약으로
써야 할 시기가 중2 시기이다. 감싸주었던 포근함은
3학년이 되면 자양분 역할을 한다.

윤아는 중3이다. 작년에 역사 교과 수업에서 만난 아
이다. 친구들과 어울리는 것을 무척 좋아하는 아이라 복
도나 학교 곳곳에서 자주 눈에 띄었다. 이제 3학년이 된
윤아가 하교 시간이 지났는데 벤치에 혼자 앉아서 책을
보며 친구를 기다리고 있었다. 나는 일부러 다가갔다.

"윤아야! 3학년이 되었네. 적응은 잘 되니?"

"선생님, 중2 때 실컷 놀아볼걸 그랬어요."

무슨 답이 나올까 주시했는데 뜬금없는 답변이 나왔
다. 다른 아이들보다 노는 데 심취했던 아이였다. 그래서

던진 질문이었는데 윤아다운 답변이 나왔다.

"윤아야, 2학년 때 그 정도 놀았으면 충분하다고 생각하지 않았니?"

"왠지 부족한 느낌이 들어요. 아버지가요. 저 부산으로 전학 보내고 싶대요."

"왜?"

"그래야 친구들과 헤어지고 열심히 공부할 수 있을 것 같대요."

"너도 가고 싶니?"

"갈 수 있지만, 부산 가면 오히려 노는 짱이 될 것 같아요"

"아버지는 어떤 마음으로 그랬을 것이라 생각하니?"

"……."

윤아는 말을 잇지 못했다.

"윤아야, 너에 대한 아빠의 사랑이 크기 때문 아닐까?"

"네, 우리 아빠 진짜 좋아요."

윤아는 마음속에 있는 생각을 가공하지 않고 천진하게 쏟아냈다. 평소에 아버지가 윤아에게 어떠한 사랑을 쏟았는지 짐작이 되었다. 부산으로 꼭 전학을 보내고 싶어서 꺼낸 말이 아닐 수도 있다. 하지만 윤아는 아빠의 제안에 거부 반응을 보이지 않았다. 불안한 모습도 없었다. 평소 아버지와 소통을 하고 있었기에 그랬을 것이다. 윤아는 아버지가 자기와 대화를 하려고 하였지, 강압적인 모습은 없었다고 자랑스럽게 말했다.

"윤아야, 지금도 놀 수 있잖아, 부담이 돼서 그러니?"

윤아의 마음이 어떤지 알아보려는 말이었다. 윤아는 쉽게 동의했다.

"예, 공부는 해야 될 것 같은데, 모르겠어요"

윤아는 분명 중2에서 벗어나고 있었다. 철이 드는 중이었다. 놀아도 걱정이었고 부담스러운 생각도 들었다. 이때 길을 잘 안내해줄 수 있다면 윤아는 더욱 적극적인 변화를 시도하려고 꿈틀거릴 것이다. 그 책무는 가정과 학교에 있다.

2학년과 3학년은 1년 차이지만 청소년의 1년은 수치상의 1년과 비례하지 않는다. '질풍노도의 시기'인 만큼, 급격한 변화와 그만큼 달라지는 모습이 크게 나타날 수 있다. 그래서 중2 때 조급하게 밀어붙이면 역반응이 일어나는 경우가 많다.

감싸주려는 노력과 기다림을 약으로 써야 할 시기가 중2 시기이다. 감싸주었던 포근함은 3학년이 되면 자양분 역할을 한다. 강한 질책은 척박한 토양을 만들어낼 수 있다. 여유를 가지고 대화를 이끌어내는 것이 정서적으로 안정을 준다. 윤아에게는 아버지의 역할이 컸다. 지금 고민하는 자아가 형성된 것도 아버지의 대화가 영향을 끼쳤다.

올해 우리 반 아이들은 24인 24색이다. 쉽지는 않지만 그 색깔을 구별하는 것이 나의 역할이다. 그리고 그 색깔에 맞게 아이들을 맞이하고 격려해주는 것이다. 그 색깔들이 윤택한 빛을 발하도록 만들어주는 것이 나의 중요한 역할이다.

말 한마디를 알아차리고 나까지 챙겨주는 아이도 있지만 나의 성의와 정성까지 무시하는 아이도 있다. 내가 이름을 몰랐어도 이해해주는 아이도 있지만 이름을 몰랐다고 삐치는 아이도 있다. 모두 소중한 아이들이다. 어른이 되기 위해서 경험하고 깨달아가는 과정에 있는 아이들이다. 걱정이 없는 아이들만 있다면 내가 필요 없을 것이고, 학교의 존재 이유는 약해질 것이다. 오늘 윤아는 나를 또 한 번 깨닫게 했다.

소통하기? 쉽지 않지만 어렵지도 않아요

성장하는 아이들의 행동이 못마땅한 것은
어른으로서는 자연스러운 반응이다. 아이들이
성장기에 있기 때문이다. 어른이 되어도 완성된
인격체가 되기 어려운데 아이들은 어른에
비해 한참 덜 완성된 존재 아닌가.

　학급에는 다양한 아이들이 섞여 있다. 학습 능력보다
는 리더십이 더 뛰어난 아이, 공부도 잘하고 표정도 밝
은 아이, 공부는 잘하는데 어두워 보이는 아이, 공부 외
에는 별 관심을 두지 않는 아이, 시무룩해질 때가 많은
아이, 남과 어울리기보다는 혼자 있기를 좋아하는 아이,
톡톡 튀는 생각으로 매사가 자유로운 아이, 말수는 적지
만 차분하고 안정적인 아이, 규칙만큼은 꼭 지키려는 아
이, 놀랄 만큼 잘못을 빨리 인정하는 아이, 잘못은 숨기
고 변명을 늘어놓는 아이, 눈치를 보는 아이, 바른말을

잘하는 아이, 창의적인 아이디어를 쏟아내는 아이, 친화력으로 반에 활력을 불어넣는 아이, 잠이 부족한지 항상 피곤해 보이는 아이, 선정적인 말을 스스럼없이 하여 눈총과 웃음을 한 몸에 받는 아이, 무기력해 보이는 아이, 책을 쌓아놓고 읽는 아이, 아는 것이 많아서인지 말을 많이 하는 아이, 냉소적인 오해를 불러일으키는 아이, 속마음을 가늠할 수 없을 정도로 웃지도 않고 무표정한 아이, 쉽게 삐치고 토라져 당황하게 만드는 아이 등등.

이러한 아이들과 공감대를 이루는 것이 소통이다. 소통이 쉬운 일은 아니지만 어려운 일도 아니다. 방법이 있다면 말이다. 소통은 믿음을 쌓아가는 과정이다. 믿음은 이해와 배려로 쌓여간다. 다양한 아이들을 이해하고 배려해주며 소통하는 것은 아이들의 장점을 빠르고 긍정으로 바라봐야 쉬워지는 일이다.

소통은 나와 아이들의 생각을 일치시키는 것이 아니다. 나와 아이들 사이에 존재하는 다른 관점을 올바르게 이해하는 것이자, 아이들의 생각을 눈높이에서 정확하게 이해하고 나의 생각을 아이들에게 잘 전달하려는 노력이다. 나의 생각과 관점보다는 아이들의 생각을 정확하게 먼저 이해하는 것이 순서다. 그다음에 나의 생각과 관점을 아이들의 눈높이와 취향과 가치에 맞게 전달하는 것이다. 이러한 과정이 있어야 공감할 수 있는 공간을 확보할 수 있다. 작은 공간부터 만들어가는 것이다. 아이들의 생각과 관점을 이해해야 나의 생각과 관점도 유연해진다.

소통은 누구에게나 있는 장점을 찾아나서는 일에서 시작된다. 단점은 크지만 장점은 작을 수 있다. 장점을 보지 못하면 단점만 보인다. 단점만 보이면 소통하기 어렵다. 장점이 크면 쉽게 볼 수 있지만 작으면 잘 보이지 않는다. 그러니 장점을 발견하는 것도 쉽지 않다. 발견하는 힘이 약한 것은 작은 것에 주목하는 습관이 부족하기 때문이기도 하다. 작은 것을 관찰할 수 있는 힘을 키우지 못하면 발견하는 힘도 약하기 마련이다. 작은 장점을 발견하고 키워주는 것이 소통의 순서이다. 관심이 있어야 하고, 자세히 보아야 하고, 오래 관찰해야만 정확하게 볼 수 있는 것이다.

시인 나태주의 「풀꽃」은 이러한 물음에 답하는 시이다. 짧지만 뭉클하고 읽을수록 의미가 깊어지고 깨달음도 커지는 시이다.

자세히 보아야 예쁘다
오래 보아야 사랑스럽다
너도 그렇다

한 번도 주목하지 않았던 풀꽃이었지만 자세히 보고
서야 앙증맞은 그 작은 미소가 내 마음에 들어왔다. 냉
이꽃과 부추꽃이었다. 이 꽃을 보려면 20센티미터 정도
로 눈을 가까이 대야 한다. 냉이꽃과 부추꽃은 멀리서
보면 하얀 점에 불과하기 때문이다.

하지만 가까이 다가가 보면 작디작은 꽃송이의 좁디좁
은 공간에 꽃잎도 있고 수술도 또렷하게 있고, 분명 웃
고 있다. 노력해야 볼 수 있는 꽃인 것이다. 장미에서는
느낄 수 없는 앙증맞은 작은 미소는 관찰의 노력으로
얻은 것이기에 더욱 값지다. 이렇게 풀꽃처럼 자세히 보
아야만 알 수 있는 아이들이 많다.

식물과는 달리 아이들은 작은 꽃으로 머물지 않는다.
작게 시작했어도 자존감과 자신감이 차오르면서 큰 꽃
을 만들기도 한다. 작은 장점을 알아주고 칭찬해주었을
때 더욱 그렇다. 그 칭찬에 진정성이 묻어나고 지속적이
라면 더욱 그렇다. 인내와 기다림이 있어야 더욱 큰 꽃으

로 자라기 쉽다. 기다림의 수양이 부족하면 파열음을 내고 포기해버리게 된다.

성장하는 아이들의 행동이 못마땅한 것은 어른으로서는 자연스러운 반응이다. 아이들이 성장기에 있기 때문이다. 어른이 되어도 완성된 인격체가 되기 어려운데 아이들은 어른에 비해 한참 덜 완성된 존재 아닌가. 칭찬은 못마땅해 보이는 행동에 변화를 주는 일이다. 장점을 칭찬하는 일은 자신의 잘못된 행동을 조금씩 인식하고 스스로 달라지게 만드는 약효를 지니고 있다. 그러나 잘못의 허물을 벗으려면 많은 시간이 필요하다. 기다림이라는 덕목이 자리 잡아야 결실을 볼 수 있다. 개인차가 크다는 점도 인정해야 모두와 소통이 가능해진다. 빨리 변하는 아이는 스스로의 힘으로 성숙해지는 능력을 갖춘 아이다. 따라서 더딘 아이를 그와 비교해서는 안 된다. 장점을 보려고 하면 단점은 작아지고 단점이 작아지면 미운 마음도 작아진다.

아이들은 기탄이를 자주 백안시한다. 그들은 기탄이의 행동이나 지적 수준이 자신들하고는 조금은 다르다고 생각하기 때문이다. 하지만 기탄이는 어느 누구보다도 소통하려는 마음이 간절한 아이다. 기탄이는 나에게 자주

말을 건다. 복도를 지나칠 때면 바짝 따라붙는다. 그리고 자신의 소소한 이야기를 늘어놓는다. 이야기를 들어주다보면 다른 아이들은 순서를 기다려야 한다. 기다리던 아이가 빨리 끝내라는 듯 눈총을 주기도 한다.

나는 소통을 바라는 기탄이의 간절한 마음이 반가울 따름이다. 나하고 이야기를 하고 싶은 기탄이의 마음이 커 보이기 때문이다. 이를 몰라준다면 나는 기탄이의 큰 마음을 버리는 꼴이 된다. 항상 들어주는 것이 쉽지는 않다. '말하는 것은 기술이지만 듣는 것은 예술이다'는 말을 기탄이를 대하면서 깨닫게 된다.

요즘에는 기탄이에게 꿈이 생겼나 보다. 복도에서 만날라치면 자신의 꿈 이야기를 내게 풀어놓는다. 꿈이 없는 아이도 있지만 기탄이는 나름 꿈을 키우고 있다. 한자능력시험도 봤다고 자랑한다. 기탄이는 꿈이 생겨서 신이 나고, 자신의 말을 들어주는 나의 작은 칭찬 한마디에도 신이 난다.

아이들의 유형과 아이들의 가정환경은 상관관계가 있는 듯하다. 많은 아이들의 표정에 왜 그렇게 다양한 표정이 숨어 있는지, 아이들의 가정환경을 들여다보면 수긍이 갈 때가 적지 않다. 물론 많은 원인들을 거론할 수 있다. 하지만 가정환경의 비중이 무엇보다 크다는 점을 시간이 흐를수록 더 많이 생각하게 된다.

와일드한 승찬이는 운동을 매우 좋아한다. 운동과 취미의 종류도 다양해서 가리는 것도 없다. 축구와 야구는 물론이고, 밴드부에서 드럼까지 치고 있다. 누구 봐도 승찬이는 에너지가 넘치는 아이다. 그래서인지 친구들도 승찬이의 심기를 건드리지 않으려 하는 것 같다. 승찬이는 공부도 적게 하고 학습 방법에도 익숙하지 않은 아이다. 뛰어난 운동 재능에 비해 학습 진도는 더디지만 크게 개의치 않고, 씩씩하고 활발하게 생활한다. 자신이 좋아하는 운동과 음악에 몰두하며 즐겁게 생활하는 아이다.

타고난 민첩성과 날렵함으로 체육활동에서 단연 돋보이는 아이다. 그러면서도 책 한 권 정도는 손에 들고 있는 점이 의외라면 의외라고나 할까. 그런데 바로 이 점이 승찬이와 내가 소통하는 통로가 되었다. 자습시간에 마음이 내키면 독서에 몰입하는 승찬이의 의외의 모습을 보면서 나는 승찬이에게 뭔가 다른 면이 있을지 모른다는 생각했다. 넘치는 에너지 때문에 친구와 불협화음이 생기면 거친 행동을 하지 않을까 은근히 걱정이 되는 아이이기 때문이다. 하지만 참을 줄도 안다.

독서도 하며 운동에 대한 뛰어난 재능을 칭찬해주는 것이 승찬이를 순화시키는 계기가 되었다. 칭찬과 공감의 대화가 이어지면서 승찬이는 웃었고, 긍정의 메아리도 보내주었다.

청소년기가 살얼음을 걷는 시기처럼 느껴질 때가 종종 있다. 하지만 겨울이 깊어지면서 얼음도 단단해지듯이 시간의 흐름이 약이 된다는 사실을, 청소년기에 있는 아이들을 보면서 깨닫게 된다. 깨닫는다는 것은 희망이자 즐거운 마음이다.

승찬이는 영어시간에 회화용 소품을 만들기 위해 삽화를 그려야 했다. 그런데 우리 반에서 가장 창의적으로 그린 2명의 학생 중 1명으로 이름을 올리게 되었다. 평소 승찬이 모습과 다른 면을 발견한 영어 선생님은 깜짝 놀라 담임인 내게 자랑까지 했다.

승찬이의 이런 창의적 면모는 어디에서 온 것일까? 승찬이는 양성평등 글쓰기에서도 글을 포장하지 않았다. 있었던 사실을 그대로 사실적으로 표현하고 의미를 부여했다. 사실을 포착하고 주목하는 능력이 남달랐다.

그러던 중 승찬이 어머니와의 상담은 퍼즐이 맞춰지

는 시간이었다. 승찬이의 모습이 이해되기 시작했다.

'욱할 때 친구들에게 폭력을 쓰지는 않을까? 운동도 하면서 공부도 좀 했으면 좋겠는데?'

승찬이 어머니의 생각도 내 생각과 다르지 않았다. 하지만 어머니는 승찬이를 강요하는 선택은 하지 않았다. 좋아하는 것을 지원해주는 대신 성숙해지고 깨달음이 있을 때까지 기다려주었다. 하지만 어머니는 인성교육만은 양보하지 않았다. 이는 선택의 문제가 아니라 필수라고 생각했기 때문이다. 승찬이도 그 점을 잘 인식했다. 부모님의 사랑을 충분히 느끼고 하지 말아야 할 것이 무엇인지도 알았다. 승찬이가 자제하려고 애를 쓰며 생활했던 모습은 이런 배경 때문에 가능했다.

아영이는 재치가 넘치고 우스운 이야기도 습관처럼 자주 내뱉는 아이다. 어느 날 수업시간에 나는 가정의 행복은 이해와 배려가 필요하다는 점을 강조하며 이야기를 풀어놓았다. 가까운 사람일수록 특히 가족은 더 배려하고 이해해야 한다고, 그리고 그것을 말이 아닌 행동으로 보여주는 사랑의 실천이 중요하고, 배려와 이해는 사랑하는 사람에 대한 예의라는 점을 힘주어 말했다.

"선생님은 배려와 이해를 하다 보니 부부싸움을 해본

지도 10년은 훨씬 넘는 것 같아요."라고 말하자 순식간에 교실이 웃음바다가 되었다. 어떤 아이들은 책상까지 두드리며 박장대소를 했다.

이해하기 어려운 광경이었다. 내 말에 이런 큰 웃음을 불러올 이유가 없었기 때문이었다. 어찌 보면 진지한 이야기였는데 말이다.

'그럼 아이들이 왜 이러는 거지?'

겸연쩍은 미소를 지으며 아이들의 웃음소리가 잠잠해지기를 기다렸다.

"얘들아, 선생님 이야기가 웃기는 것은 아닌 것 같은데, 왜 그렇게 까무러치게 웃었니?"

"선생님, 얘가요?"

웃느라 말을 제대로 잇지 못하고 있는 아이에게 아영이가 말을 못 하게 막기까지 했다. 그러자 옆에 있던 정화가 말했다.

"아영이가요, 선생님은 10년 동안 집에 안 들어가신 것 같대요."

아영이의 재치와 아이들의 반응 속도에 나는 순간 놀랐다. 어떻게 그 순간에 그런 재치 있는 말을 생각해냈을까? 그리고 아영이의 말에 아이들은 어떻게 그렇게 빨리 공감하며 반응하고 박장대소했을까? 아영이는 논리적 사고를 해서 한 말일까? 순간의 재치일까? 논리적으로 생각했다면 '10년 동안 부부가 싸우지 않고 지낼 순 없다. 그렇다면 선생님은 10년 동안 집에 들어가지 않은 것이다.'라는 결론을 얻을 수도 있다. 그러나 그런 논리를 생각하기에는 시간이 너무 짧았다.

아영이는 졸업했다. 그 이유를 묻지 못하고 떠나보낸 것이 지금도 아쉽다. 다양한 아이들과 소통하는 과정은 재미있다. 행복한 순간 중 하나는 눈물이 그렁그렁해지도록 웃어보는 것이다. 사람들과 소통하면서 최악을 경험할 때도 있지만 최선을 경험할 때도 있다. 나와 아이들의 만남은 최선일 때가 많았다. 작은 장점이라도 찾아서 칭찬해주고 배려와 이해 그리고 긍정으로 눈높이를 조금 낮추는 과정이었다. 아이들의 마음을 나의 마음을 여기듯 생각하는 측은지심이 있어야 했다. 아이들과의 소통이 어려운 일만은 아니다.

긍정 수업

초판 1쇄 펴낸 날 2017. 12. 19.

지은이   주명섭
발행인   양진호
책임편집 위정훈 l 디자인 김민정 l 본문 일러스트 김은혜

발행처   도서출판 인문서원
등   록   2013년 5월 21일(제2014-000039호)
주   소   (121-894) 서울시 마포구 양화로 56 동양한강트레벨 718호
전   화   (02) 338-5951~2
팩   스   (02) 338-5953
이메일   inmunbook@hanmail.net

ISBN   979-11-86542-42-2 (03800)

값은 뒤표지에 있습니다.
잘못 만들어진 책은 구입하신 서점에서 바꾸어 드립니다.

이 도서의 국립중앙도서관 출판예정도서목록(CIP)은 서지정보유통지원시스템 홈
페이지(http://seoji.nl.go.kr)와 국가자료공동목록시스템(http://www.nl.go.kr/
kolisnet)에서 이용하실 수 있습니다.(CIP제어번호: CIP2017029361)